Poésies Posthumes

DU MÊME AUTEUR

A LA MÊME LIBRAIRIE

La Farce de la Marmite, traduit de PLAUTE. 1 vol. in-12 broché avec portrait de E. GABBART et fleuron de ROCHEGROSSE .... 7 fr. »»

Pour la Paix, suivi de : *Lettres aux Conscrits*. Frontispice de DESTREM. 1 plaquette in-12.............. 3 fr. »»

La Noire Idole, *Essai de Morphinomanie*. 1 pl. in-12 3 fr. »»

La Corne et l'Épée, *Étude sur les Courses de Taureaux*, 1 plaquette in-12....................... 3 fr. »»

La Feuille à l'envers. *Revue en un acte*. 1 pl. in-12 3 fr. 50

Un Monde qui finit. *La Dévotion à la Croix*. *Don Quichotte de la Manche*. 1 vol. in-12 .... 3 fr. 50

Louanges à Sophie Cottin. *Poème* dit par l'auteur à Bagnères-de-Bigorre. In-8 .... 3 fr. »»

De Celimène à Diafoirus. *Misanthropie et Misanthropes*. *La Pharmacopée au temps de Molière*. 1 pl. in-16 3 fr. 50

Petit Bréviaire de la Gourmandise. 1 plaquette in-16. Fleuron de ROCHEGROSSE .... 3 fr. »»

La Douleur : suivi de **Le Vrai Mystère de la Passion**. 1 plaquette in-16 .... 3 fr. 50

L'Escrime et la Boxe. 1 plaquette in-16........ 4 fr. »»

Pages choisies. *Vers et Proses* .... 7 fr. »»

Poésies Posthumes. *Poèmes d'autrefois et d'aujourd'hui*. *Poèmes Satiriques*. Préface de A. T'SERSTEVENS. 1 vol. in-16.............................. fr.

LAURENT TAILHADE

Poésies Posthumes

Préface de A. T' SERSTEVENS

Portrait de RAOUL DUFY

PARIS
ALBERT MESSEIN, ÉDITEUR
19, QUAI SAINT-MICHEL, 19

1925

LA PREMIÈRE ÉDITION DE CE LIVRE A ÉTÉ TIRÉE A :

200 exemplaires sur pur fil Lafuma, numérotés
et 800 exemplaires sur Vélin bouffant

N°

PRÉFACE ET SOUVENIRS

—

De ces poésies posthumes qu'une main pieuse a recueillies je n'oserais rien dire, tant est grand mon respect pour un maître que j'ai tant aimé, si leur diversité ne réclamait, vis-à-vis du lecteur, quelques éclaircissements.

*Elles suivent toutes les étapes de l'évolution du poète, depuis les effusions lyriques de ses vingt ans jusqu'à l'ironie acide de ses dernières années. On y voit le disciple de Banville, encore épris de romantisme, s'envoler vers l'azur immatériel des poètes de ce temps. On y voit le magicien, marqué du sceau de Baudelaire, évoquer des figures voluptueuses et mélancoliques. L'homme, ensuite, a passé au creuset de Paris ; et l'on découvre le satirique violent d'*Au pays du mufle, *avec son vers brisé, sa désinvolture moqueuse, l'amertume de son rire. Les allusions, les pointes, donnent à ces poèmes un caractère aristophanesque : on aimerait qu'un scoliaste nous commentât ces vers burlesques et terribles. On y voit Tailhade entraîné, comme il le fut tant de fois, par sa verve intérieure et par l'enivrement orchestral des mots : nul* *plus que Tailhade ne fut la victime de la séduction qu'offre à un esprit fougueux l'éclat verbal de la cataralogie. Son cœur était tendre mais sa lyre emportée.*

Il était cependant un seigneur des lettres. Cette aristocratie apparaît dès le premier poème de ce recueil, Vers l'infini : *elle s'y exprime librement, avec un peu de faste et d'orgueil. La vie ne s'est pas encore chargée de rompre ces ailes. Il y a dans les poèmes qui suivent beaucoup de cette tendresse qui était le fond même de l'âme de Tailhade. Le trait ne s'aiguise que plus tard. Ce monde des lettres où l'intelligence est au service de la méchanceté, nous formera un nouveau Tailhade qui apparaît dès* Villanelle : *la noblesse de sa nature, exaspérée par tant de malfaisance et de lâcheté, a des colères quasi féminines, s'exprime par le sarcasme. Tout le Paris d'alors défile dans ces poèmes impromptus. Mais voyez la* Supplique, *d'un charme truculent, voyez ces confessions inattendues, ces retours du poète sur lui-même :*

J'ai dégainé mon estramaçon de Tolède,
Contre plusieurs moulins je me suis escrimé...

C'est un poème de quintessence, où Tailhade tout entier nous apparaît. Il était un peu don Quichotte, et il savait mieux que personne, pour avoir lu et relu dans leur texte les aventures du chevalier, que rien n'est plus noble ni moins ridicule que ce personnage qui n'eut que le seul tort de vouloir redresser ceux des autres.

*
* *

J'ai beaucoup fréquenté Laurent Tailhade dans les derniers mois de sa vie. Il n'est peut-être pas d'heures plus sincères que ces heures suprêmes où l'homme se rassemble pour mourir. J'ai connu là le vrai Tailhade et c'est ainsi que je voudrais qu'on en gardât la mémoire.

Au mois d'avril 1919, je venais de rentrer à Paris en abandonnant à l'Etat les habits militaires qu'il m'avait si généreusement prêtés, lorsque j'appris que Laurent Tailhade était frappé de cette maladie qui devait l'emporter après de longues souffrances.

La pauvreté l'avait conduit à la maison Dubois, cette caserne de grabataires qui allonge sa façade morose à l'extrémité du Faubourg Saint-Denis. Dans la première cour à colonnade, de ce dorique nécessiteux des mairies et des hôpitaux, il n'y a jamais personne ; dans la seconde, plantée d'arbres comme une cour de lycée, il y a quelques malades qui se promènent sous les fenêtres où d'autres malades les regardent passer. Toutes les chambres sont identiques : elles alignent au long des corridors blancs leurs chiffres d'émail. Celle de Tailhade portait le numéro 19.

J'avais donné ma carte à une infirmière. Le maître vint à ma rencontre. Je ne l'avais plus revu depuis les premiers jours de la guerre, et la guerre avait duré près de cinq ans. Ce n'était plus la figure pleine, souriante, ecclésiastique, mais un visage travaillé par la souffrance, épuisé par l'insomnie, hérissé d'une barbe blanche à poils courts. Dans l'état où il se trouvait réduit, il ne pouvait porter cet œil de verre qu'il avait depuis l'attentat du restaurant Foyot : l'orbite vide faisait un trou saignant dans cette face douloureuse. Je ne retrouvais rien de l'homme alerte que j'avais connu. C'est avec un sentiment de grande amertume que je suis entré dans la chambre.

Elle était pareille à toutes les chambres d'hôpital. Il y avait, en face de la porte, une fenêtre à rideaux blancs. Le lit, de fer émaillé, occupait le milieu de la pièce. Près de la porte se trouvait une chaise longue encombrée de livres et de papiers ; devant la cheminée, une petite table chargée de bouquins. Une pipe et un cube de tabac gris sur un coin de la table. Au milieu du lit, un ballon d'oxygène à moitié dégonflé, pareil à une outre de cornemuse.

Le poète, s'étant assis, le dos tourné à la lumière qui le fatiguait, se mit à causer. Sa parole avait gardé son timbre égal et cuivré, ses inflexions toujours obéissantes au rythme. Ceux qui l'ont bien connu ont goûté les délices de cette conversation qui mêlait la fantaisie au savoir, le sarcasme à la gaîté. On l'eût écouté pendant des heures, parce que tout ce qu'il disait de beau, de rare, d'imprévu, d'audacieux, était ennobli par une politesse de race, une courtoisie que l'on ne rencontre presque plus chez les sportmen de lettres d'aujourd'hui.

Il parlait de la poésie qui lui était chère et de la latinité qu'il aimait passionnément, non point avec un pédantisme sorbonnard mais avec une tendresse filiale, parce qu'elle est la mère sans tache de notre langue. Il me lisait du Claudien, le Panegyris, *qu'il affectionnait entre tous pour l'ampleur damassée de son hexamètre. Tout à coup la phrase latine se brisait dans sa gorge : il demeurait la bouche ouverte, le dos ployé, secoué tout entier par une horrible quinte qui le jetait sur son lit, le ballon d'oxygène pressé entre les mains, respirant le chaud artifice qui lui rendait un peu de vie.*

En dépit de son mal, il reprenait la causerie interrompue. Elle se prolongeait dans le soir déclinant. La petite chambre était toute verte, puis violette. Je ne voyais plus du maître que son ombre sur les rideaux blancs...

Je revins le voir régulièrement. Il se relevait peu à peu. Il se voyait guéri, projetait de grands travaux, parlait de ce vieux rêve qu'il ne put, hélas ! réaliser : une traduction de l'Ane d'or *et une autre de* Don Quichotte, *car ce chef-d'œuvre n'a jamais été traduit, mais mis en pièces par des ignorants et accommodé par des pets-de-loup. Dans cette chambre d'hôpital, il y avait toute une bibliothèque : je me souviens d'un livre dont je ne me rappelle plus le titre, mais que le poète avait fait relier avec un morceau de la robe puce à fleurettes que portait sa maman le jour qu'elle se maria.*

C'est ainsi que je retrouvais l'âme tendre et caressante de ce grand pamphlétaire qui devint misanthrope pour avoir trop aimé les hommes, comme il en est toujours. Cette bonté qui fut, comme je l'ai dit, le fond de l'âme de Tailhade, ses amis seuls, et les deux êtres qu'il chérissait le plus, sa femme et sa fille, ont pu la connaître. Je pourrais en parler longuement. Le cas n'est pas unique chez les hommes portés violemment à la satire. Swift aussi était un sensible, et cependant rien n'est plus vindicatif que ses livres. Mais qui célébrera comme il convient les amitiés de Swift et la plénitude de ses amours ? Et qui nous dira le cœur de Laurent Tailhade ?

Ce qu'on appelle l'orgueil n'est le plus souvent que de la pudeur. On connaît sa petitesse, mais l'on se garde bien de la laisser voir : l'on montre pour la dissimuler un visage orgueilleux. Nul ne connaît sa petitesse comme les hommes que nous appelons les grands hommes. Ils se mesurent relativement à leur rêve.

Tailhade, pendant cette longue agonie, pratiquait volontiers cet examen de conscience, et cette pensée l'occupait à tel point qu'il en venait à l'exprimer à voix haute. C'était vraiment d'admirables paroles que je ne puis toutes inscrire dans ces pages parce que je n'ai plus assez d'illusions sur l'intelligence du lecteur ; admirables paroles de doute et de renoncement, qui tenaient à cette vertu suprême de l'écrivain : l'humilité intérieure. *Tous ceux qui ont donné de la beauté au monde spirituel se sont crus, jusqu'à leur dernier jour, des élèves, des apprentis qui étudient. Un artiste peut se laisser donner ce nom de « maître », mais il sait bien que ce n'est qu'un vain titre, et qu'il reste toujours un ouvrier.*

Un jour d'été, Laurent Tailhade allait un peu mieux. Nous étions assis dans le jardin à fumer des pipes sous les arbres. Des malades s'accagnardaient au soleil ou passaient à pas menus dans les allées. Je me souviens, il y avait dans le ciel tout bleu un avion qui jetait des prospectus, et les flottilles de feuillets multicolores naviguaient dans l'air immobile. Tailhade fumait à petits coups, sans mot dire. Il venait de me parler de la mort avec l'indifférence philosophique d'un épicurien : il l'avait si souvent méditée qu'elle était « dans ses os » comme dit Montaigne. Il n'avait qu'une seule inquiétude : les deux êtres chers qu'il laisserait après lui. Mais une autre pensée l'occupait : cette idée de la mort ramenait devant lui l'ensemble de sa vie. C'est alors qu'il se tourne vers moi et me dit simplement :

— Dites-moi, mon ami... bien sincèrement... Est-ce que j'ai eu du talent ?

Je n'ai rien répondu. Que pouvais-je répondre à cela ? Mais je lui ai pris la main, celle qui écrit, et je l'ai serrée dans les miennes.

Bonassola-Ligure : mai 1924.

A. T' SERSTEVENS.

POÈMES DE JEUNESSE

NOVEMBRE

(*Ballade*)

Quand viendront les dernières fleurs
Les manants auront fait en pleurs
Couler tout le sang de la vigne :
Mon âme malade d'aimer
Avant que de se refermer
Pleurera le doux chant du cygne.

Celle que j'embrassais les soirs
Était blonde avec les yeux noirs ;
Son sourire chargé de larmes
Courait comme un flot incertain...
— Les roses de la Saint-Martin
Ont ses tristesses et ses charmes.

Je n'ai pu ressaisir jamais
Sa blanche image que j'aimais,
Ni cette fraîcheur douloureuse
Ni surtout sa voix de métal
Au son si riche et si fatal,
Sa douce voix sonore et creuse

Je n'ai rien vu, même les lys,
De doux comme ses traits pâlis
Par les baisers de l'autre monde
Lorsque la mort vint et la prit
Et que la noble enfant sourit
Dans un flot de lumière blonde.

. . . .
. . . .

L'herbe où dansent les feux follets
Couvre un océan de palais
Et de fêtes spirituelles,
De parfums que, pour les esprits,
Prépare la main des hûris
Toujours vierges dans leurs ruelles

Et, quand sous les cieux éplorés,
Les troncs lugubres des cyprès
Gardent, seuls, leur verdure noire,
La tombe lance sa clarté,
Rayon d'un éternel été
Brûlant de jeunesse et de gloire.

Hélas ! j'ai perdu tout espoir !
J'ai le cœur plein dans ce mois noir

D'un chagrin que rien ne console
Mes jours se traînent en rampant
Et, dardant son œil de serpent,
Le poison rit dans la fiole.

Sonnez, sinistres angelus !
Les fauves, au fond des talus,
Goûtent la paix du froid novembre.
Demain, comme eux, je dormirai
Dans le lit de velours sacré
Qu'embaument les pastilles d'ambre.

Novembre 1872.

2

VERS L'INFINI

Ode couronnée aux Jeux floraux

(1874).

« Des ailes ! des ailes ! des ailes !
« Comme dans le chant de Tuckeil... »
(*Emaux et camées*).

En plein ciel, en plein ciel, ouvrant leurs larges ailes,
Les gypaètes blancs montent vers le soleil ;
Et les rayons, mordant l'ambre de leurs prunelles,
Sur leurs rostres d'acier mettent un ton vermeil.

Dans les sérénités des sphères de lumière,
Dans les océans clairs des cieux inexplorés
Où les mondes, suivant l'hyperbole première,
Chantent dans l'infini les rythmes consacrés ;

A travers les terreurs vagues des empyrées,
Où, sur le sable d'or des constellations,
Le manteau d'Elohim traîne ses fleurs sacrées
Et jette dans la nuit des fulgurations ;

Ils se meuvent légers immuablement calmes,
Sur les nuages blonds de l'éther sublimé ;
Et les hommes, d'en bas, croient voir fleurir des palmes
Énormes sur le fond d'un désert enflammé.

Eux, cependant brûlés par le baiser des astres
Poussent des cris aigus au sein de leur clarté,
Et, comme les martyrs sculptés sur les pilastres,
Se tordent dans l'angoisse et dans la volupté,

Jusqu'à ce qu'approchant de trop près les étoiles,
Ils tombent frappés dans leurs vols icaréens
Et meurent, étendus comme de larges toiles
De la soif d'infini qui leur pressait les reins.

Oh ! du moins pâles gypaètes,
Vous pouvez bondir dans l'éther
Et fendre les plis des tempêtes
Comme un navire fend la mer.

Vous pouvez, abandonnant l'aire,
Aller de l'étoile polaire
Jusqu'aux tropiques toujours verts ;
Vous pouvez, quand l'ennui vous gêne,
Comme un poignard hors de sa gaîne,
Jaillir, d'un seul bond, dans les airs !

Vous pouvez, gorgés de lumière,
Vous accoupler en plein azur,
Et dans votre jaune paupière
Ne refléter que le ciel pur.
Bien loin de la terre où nous sommes,
Loin de cette terre des hommes
Où ne fleurit que la laideur,
Vous pouvez, la plume brûlée,
Planer dans la fête étoilée
De l'indéfectible splendeur !

O mes aiglons ! je vous envie
Et voudrais nager près de vous,
L'âme et la paupière ravie,
Dans l'éther aux larges remous ;
Je voudrais, l'œil tout plein de flamme,
M'enfuir de cette foule infâme

Qui me retient comme un étau ;
Et, bondissant dans les nuées,
Laisser mes strophes dénouées
S'enfuir sans voile et sans manteau.

J'aurais au front le diadème,
Et, tenant le verbe dompté,
Je chanterais l'hymne suprême
Que nul encore n'a chanté.
J'irais comme Orpheus, la cithare
Sonore m'ouvrant le Tartare
Et ses arcanes noirs et clairs,
Lisant le mystère à plein livre,
Inspiré, béant, sublime, ivre,
Marchant joyeux sur les éclairs.

Et ma muse noble et sereine,
Dans l'or et dans le marbre blanc,
Poserait ses beaux pieds de reine
Que l'on ne baise qu'en tremblant.
Les notes du divin poème,
Astres du beau ciel de Bohème
Pour les chanter en mots plus doux ;
Sa voix à travers mon génie

S'épanchait pleine d'harmonie
Sur les hommes à nos genoux.

O délire ! oublier la terre,
Les méchants et les envieux,
Tremper ses lèvres au cratère
Dont le breuvage ouvre les cieux ;
Et, quand on regarde en arrière,
Plus mince qu'un grain de poussière
Voir le monde qui dort en bas ;
Le nimbe au front et le sourire,
Chanter sur l'éternelle lyre
L'ode qui ne finira pas.

Poétique dompteur des choses,
Dans les parfums enamourés,
A travers les apothéoses
Et les astres aux yeux dorés,
Monter toujours de sphère en sphère,
Sentir son âme plus légère
S'ouvrir dans l'immense réveil,
Et de rayons toute embrasée
Comme une goutte de rosée
S'évanouir dans le soleil !...

Oh ! pour abandonner ce monde qui m'écrase
Et me brise les dents de son frein odieux.
Pour m'enfoncer, plongeant dans les mers de l'extase,
A travers la splendeur des cieux ;

S'il ne fallait, hélas ! pour accomplir ce rêve
Qu'affronter de la mort les instants redoutés
Et jeter loin de moi mes jours si pleins de sève
Sans même les avoir comptés ;

Certes, et la jeunesse et ses forces sans nombre,
La vie inépuisable et son matin charmant,
Je fuirais tout, cherchant à voir du fond de l'ombre
L'aube de mon couronnement.

J'attendrais, comme Faust dans le laboratoire,
L'esprit générateur des modes innommées
Gravant avec le feu sur mon ogive noire
Des mots qui ne passent jamais.

Et peut-être qu'alors sur la nuit de ma tombe.
Ouvrant vers l'infini son vol inusité,
Le daïmon m'offrirait sa croupe de colombe
Où nul encore n'est monté.

Mais, ô rêve insensé ! qu'importe la prière
Maintenant que les dieux changés en bloc de pierre
N'entendent plus nos cris,
Et que les insensés qui tordent leur poitrine
Pour en faire jaillir l'étincelle divine
Sombrent sous le mépris ?

Maintenant que le ciel fermé pour le poète
N'a d'autres habitants que la blanche mouette
Et l'aigle radieux ;
Maintenant qu'on n'a plus, alors que le cœur saigne,
De foi qui vous console et d'ami qui vous plaigne
En essuyant vos yeux ;

Maintenant que la foule abreuve le génie
Dans l'éponge de fiel, et que la calomnie
Se suspend à ses pieds
Comme le serpent noir aux fils du Bélisaire,
Jetant sur son esprit la nuit et la misère
Dans ses jours décriés ;

Il ne reste plus rien que le sommeil sans trêve
Sous les marbres où luit la lune qui se lève
Dans le calme des soirs,

Le sommeil odorant et noir comme du baume
Que l'on dort sous la planche où court le lourd arôme
Tombé des encensoirs.

Venez cueillir des fleurs sur mon sépulcre. Dites,
Quand vous effeuillerez les blanches marguerites
Qui germeront autour,
Au lieu de chants de deuil, dites l'épithalame,
Et célébrez l'hymen sublime de mon âme
Avec l'éternel jour.

A RAOUL COLONNA de CESARI.

Sur les parvis de fleurs jonchés,
Les Elus, en surplis brochés,
Dans l'or des clairons embouchés,
Proclament aux vents extatiques
La rémission des péchés.

Et les séraphins athlétiques
Agenouillés sous les portiques,
Aux chants de l'orgue et des cantiques,
Devant le troupeau lilial
Balancent des roses mystiques.

Aux jours de la Saint-Jean et de la Fête-Dieu,
Quand les processions, musiques et bannières,
Emplissent la cité de chants et de lumières,
Et d'encens solennel fumant sous le ciel blèu,

L'on voit dans le cortège et marchant les premières,
Les vierges de douze ans dont encor nul aveu
Ne fait battre le cœur et qui tremblent un peu
Sous la claire blancheur des gazes familières.

Une odeur de buis vert s'exhale sous leurs pas :
Car la rue est partout embaumée et fleurie.
Et le passant hâtif qui souffre et ne croit pas,

Courbe son front devant la chaste théorie
D'où montent, par instants, les hymnes que tout bas
Il disait autrefois à la Vierge Marie.

Toulouse 1876.

MARINE

A ma chère maman Minette.

En volutes d'or, les frêles nuages
Vont se déroulant aux pieds du soleil.
Triomphant, le dieu pose son orteil
Sur l'onde salée et le bleu rivage.

Les tamariniers aux parfums sauvages
Se balancent dans l'air déjà vermeil
Et, jetant aux flots un cri de réveil
Le vol des goëlands tourne sur la plage.

Le ciel rose brûle et la mer s'endort.
Des bateaux nombreux tendent leurs antennes :
Hohio ! partant aux pêches lointaines,

Les bateaux s'en vont sur les lames d'or
Et, dans le frisson pourpre de l'aurore
On entend grincer leurs câbles sonores.

1876 — août.

AURORE

Quand ils ont veillé jusqu'au jour,
Quant les filles sont ivres-mortes,
Les débauchés poussent les portes
Et s'en vont, blasphémant l'amour.

Sur le mur que leur bande cogne
Le réverbère éteint ses feux,
Ils se retirent deux à deux
Ayant achevé leur besogne.

Un jour gris et pâle remplit
La ville de ses teintes crues
Un vent frais passe dans les rues,
Les travailleurs sortent du lit.

Les clairons des coqs enroués
Se répondent et se lamentent
Comme des âmes que tourmentent
Des supplices inavoués.

Les coqs claironnent leur colère
Et leurs buccins retentissants
Déchirent de leurs durs accents
La chasteté de l'aube claire.

Et les pâles fils du plaisir
Sentent leur chair plus engourdie
Lorsque cette note hardie
Tout pantelants vient les saisir.

Le vomissement des caresses,
Le dégoût des baisers vendus,
Les étreint de doigts éperdus
A travers leurs vagues ivresses.

Trébuchant et les yeux rougis,
Ils marchent dans l'aube vivante
Et lourds d'amères épouvantes
Ils s'en retournent au logis.

Et, comme eux rentrent, taciturnes,
Au milieu des rayons vengeurs
Des chariots de vidangeurs
Harassés des travaux nocturnes.

Toulouse, 1876.

Un esprit paternel habite dans les choses
Et s'attache à nos cœurs par des liens secrets,
Le poète comprend l'énigme des forêts :
Il sait quel flot divin ensanglante les roses.

Gardant le culte de la Vie et des Dieux morts,
Il écoute chanter l'âme éparse du monde.
L'universel amour et sa beauté féconde
Palpitent à travers ses rythmes doux et forts.

Et, parfois, comme Orpheus endormi sous les hêtres,
Dans l'ombre du grand ciel où monte son désir,
Il entend lui parler, plus vague qu'un soupir,
Ta voix, ô Déméter, source et tombeau des êtres.

Lannemezan, avril 1877.

FUNEREI FLORES

A CHARLES MORICE.

Dans la pourpre et la neige où les soleils pâlis
Viennent boire, en mourant, ta senteur généreuse,
Amaryllis ! ô lis royal entre les lis,
Une douleur superbe et profonde se creuse.

Déjà les soirs plus brefs de fraîcheur sont emplis
Et, le long des jardins fleuris de tubéreuse,
Comme une veuve, sous sa robe aux larges plis,
L'automne va jetant sa plainte douloureuse.

Voici la Mort qui frappe aux portes de l'Eté
Et ton parfum amer dans la nuit emporté
Emplit de sa longueur les couchants pathétiques.

Hélas ! je t'ai cueillie, ô fleur du Désespoir,
Et triste comme toi, sentant venir le soir,
J'exhale avec orgueil mes suprêmes cantiques.

Dans les ciels tout baignés de rose et de vert pâle
Les chauds soleils de Juin refleuriront sur l'ombre
Et la nuit ramenant sa tunique d'opale
Plongera dans la mer sa chevelure sombre.

La Bacchante au sein droit radieuse et fatale
Se tordra dans le vin et les parfums sans nombre
Et lascive, aux frissons du sistre et du crotale
Dansera, ventre nu, sans chercher la pénombre.

Aux pieds des chênes noirs, à travers les prairies,
Pâmés de voluptés et, s'enlaçant par couples,
Les Amants s'étendront sur les floraisons souples...

Oh ! les baisers éclos sur les lèvres fleuries
Et les vastes étés embaumés et sans borne,
Pleure ces paradis, âme souillée et morne !

LA CITADELLE

(Sonnet)

Il est, près de l'église au front de forteresse,
Un ossuaire immense où, sous de noirs piliers,
A l'ombre de la croix sereine et vengeresse,
Dans leur cercueil de fer dorment les templiers.

Le voyageur, parfois, heurte dans l'herbe épaisse
Quelque serpent qui dort dans ces sombres halliers
Ou fait craquer des os que le vautour délaisse
Et qui, sous le soleil, blanchissent par milliers.

Il souffle un air de mort dans ce lieu funéraire,
Ce temple où résonnait la fanfare de guerre
Mêlant son cri de fauve aux chants de l'orgue pieux,

Est cruel maintenant. Un silence farouche
Sur ces soldats martyrs étendus dans leur couche
S'étend par la placide obscurité des cieux.

Eglise de Luz.

SONNET

Fais-moi immortel dans un baiser

MARLOWE.

Lorsque je combattrai la douleur familière
Et que, comme un plongeur vaincu par le courant,
A travers le tumulte et les flots du torrent
Je chercherai la rive où fleurit la lumière !

Lorsque la lutte ardente où le plus fort se rend
Fera jaillir des pleurs de sang de ma paupière,
Lorsque, les pieds lassés par la ronce et la pierre
J'étreindrai sur mon sein mon génie expirant ;

J'aurai du moins, j'aurai, blanche consolatrice,
Toi, dont le doux regard m'a fait l'exil moins lourd
Le souvenir aimé de notre chaste amour.

Ton image charmante et sanctificatrice
Par qui tout désespoir perdra son aiguillon,
Reluira dans mon cœur sombre comme un rayon.

PENSÉE DANS UN CIMETIÈRE

« *Mieux vaut être couché qu'assis et mort que couché.* »

Proverbe arabe.

Sur la pierre noire où s'égrènent
Les fruits de pourpre du sorbier,
Quand dans le ciel ardent se traînent
Des lambeaux d'or sans joaillier,

Voyageurs amers de la vie,
Vous que le malheur a lassés
Et qui sans peine et sans envie
Avez dit pour toujours : « Assez »

Venez vous coucher ! car la route
Est insupportable à finir
Lorsque, pour guide on a le doute,
Pour horizon le souvenir.

Couchez-vous sous la terre humide
Aux baisers tièdes et doux
Comme la cavale Numide
Qui s'affaisse sur les genoux

Quand, à travers le ciel farouche,
Soulevant le sable brûlant,
Le Simoun se lève et la couche
Morte et tranquille sur le flanc.

SONNET

A l'Innominata divine, à l'inconnue
Que mon désir appelle et n'évoquera pas,
A l'ange secouant des roses sous ses pas,
A l'idole que voile une implacable nue ;

Que sa gorge ait vêtu la lourdeur des lampas
Ou que sous le ciel d'or flambe sa grâce nue,
Chasseresse rêvant au fond de l'avenue,
Sainte pour la prière étendant ses beaux bras ;

Qu'elle soit Ophélie, Hélène ou Béatrice,
La Sirène aux yeux pers, la muse protectrice,
Ou l'amante rythmique aux flancs invulnérés,

J'offre comme un faisceau de fleurs ces rimes vaines
Tels les Athéniens suspendaient des verveines
A l'autel blanc et pur des cultes ignorés.

16 janvier 1882.

NOVEMBRE

Novembre a couronné les arbres morts de givre,
La montagne d'où les troupeaux s'en vont, bêlant,
A revêtu son froid manteau de satin blanc :
Les couchants sont couleur de turquoise et de cuivre.

Et voici qu'ont fleuri les pâles anthémis,
Afin qu'au jour des morts, sur les fosses, les mères
Puissent autour des croix et des grilles amères
Jeter avec leurs fleurs quelques parfums amis.

C'est le temps des derniers rendez-vous, ma mignonne,
Les feuilles sur la mousse ont mis leur tapis d'or
Et, dans nos cœurs lassés où notre amour s'endort
S'exhale aussi l'odeur plaintive de l'automne.

LE FOU DE MENDIONDE

(Prologue)

Lou despatriat pènso à la patrio.
MISTRAL

Les trois coups sont frappés. — Des rochers sonnant creux,
Des arbres en carton et des ravins poudreux,
Des ciels où l'araignée a suspendu sa toile,
Au bord des quinquets gras figurant une étoile,
Le mirage idéal va surgir devant vous,

Quimporte le décor lorsque, en des mots plus doux,
La Muse, célébrant nos bonheurs et nos peines,
Nous enlace de ses harmonieuses chaînes,
Et que pour obéir à ses charmes vainqueurs,
Un rêve de beauté se penche sur nos cœurs.

Ainsi, cher public, toi qui juges et condamnes,
Ne vas pas railler nos lointains peu diaphanes,
Ni te formaliser si nos ruisseaux n'ont pas
Un tapis suffisant de mousses sous leurs pas.

Le tréteau de Marlowe et du divin Shakespeare
Au lieu d'être meilleur que le nôtre était pire.
Hélène et Desdémone y naquirent pourtant
Et, comme le soleil qui se lève, éclatant,
Des abîmes sans nom cachés sous l'eau profonde,
Leur splendeur immortelle a jailli sur le monde.

D'ailleurs, nous t'apportons un spectacle charmant ;
Nos acteurs sont parfaits et, très éperdûment,
Débitent les couplets ainsi que le poème.
La scène en pourrait être aux pays de Bohême,
Tant l'ouvrage est rempli de jeunesse et de foi ;
Mais l'auteur l'a voulu placer tout près de toi
Afin que, retrouvant ta montagne chérie,
Tu goûtes en ses vers le nom de la patrie.

Au pays basque, un jour d'été. Sous les tonnelles
Où grimpe le houblon avec les pimprenelles,
Les buveurs attablés chantent en plein soleil.
Le vin dans les brocs lourds et le cidre vermeil
Ecument. Leur doux flot qui charme et fertilise
Ruisselle, ce pendant que dans la vieille église
Les femmes à genoux, sur un air très ancien,
Exaltent leur patron, l'évêque Cyprien.

Oh ! combien ils sont doux les agrestes cantiques
Que les vieillards disaient de leurs voix prophétiques,
Alors que, près de l'âtre, à leurs genoux assis,
Les enfants écoutaient leurs fabuleux récits.
Les enfants sont partis maintenant. Ils sont hommes.
Ils ont appareillé vers les noires Sodomes
Où l'or vierge sommeille au fond des puits étroits.
Que sont-ils devenus ? Peut-être sont-ils rois
De quelque terre au nom barbare et chimérique,
Là-bas dans les lointains où la sombre Amérique
Etend le vague effroi de ses immensités.
Les uns ont parcouru les énormes cités
De l'Inde où, dans son temple aux coupoles de cuivre,
Gardé par l'aboiement féroce d'une guivre,
L'immobile Bûddha rêve paisiblement.
D'autres, pleins d'un sublime et mâle emportement,
Fuyant l'humilité du labeur séculaire,
Ont dirigé leurs nefs vers l'horizon polaire.
Parmi les pics chargés d'implacables frimas
Se dressent dans la nuit les flammes de leurs mâts ;
Les grands ours étonnés, blêmes comme des ombres,
S'éloignent en jetant des rugissements sombres.
Mais leur cœur est joyeux, car ils pourront un jour,
Aux lointaines Thulés où tout meurt fors l'amour,

Sous un mirage plein de clartés idéales,
Entrevoir, au milieu des aubes boréales,
La Sirène chantant sur les glaces d'azur.

Or, pour tailler la vigne et cueillir le blé mûr,
Les garçons de seize ans avec les jeunes filles,
Aiguisent près des flots l'acier clair des faucilles
Et, laboureurs foulant le goëmon amer,
S'arrêtent par instants pour regarder la mer.

Les Basques sont hardis et leurs filles sont belles ;
Personne, dans leurs cœurs sincères et rebelles,
N'a régné. Leurs aînés ont combattu Roland
Et le héros, couché près du Marboré blanc,
A nourri de sa chair l'aigle des Pyrénées.

Un dimanche d'été. Les danses forcenées
Foulent d'un pied vainqueur la terre des aïeux ;
Le saut basque alternant avec les chants joyeux
Accompagne gaiement le choc ardent des pintes
Et, là-bas, sous la nef où les madones peintes
Regardent doucement les femmes à genoux,
Le dernier hymne vient de s'envoler vers nous,
Et la fête bruyante et folle se déroule
Pleine de cris, de jeux, de tumulte et de foule,

Et semble, sur le fond des prés et du moulin,
Un tableau de Téniers ou de Van der Meulen.
Cependant, la kermesse a, par instant, des poses
Où la mélancolie, en effeuillant ses roses,
Console les douleurs d'un vieillard exilé,
Le *Fou de Mendionde*, un pauvre, un cœur troublé
Qui marche dans la nuit, vêtu d'un deuil sévère,
S'égayant seulement aux chansons d'un trouvère,
Tendant sa main tremblante et recevant, hélas !
L'aumône sans pitié, qui ne console pas.

Donc, cher public, sois-nous clément et fais silence.
Déjà l'archet du chef d'orchestre se balance,
Retenant en suspens les sons mélodieux..
Nous ferons bien ce soir et quelqu'autre jour mieux.
Ouvre ton cœur aux vers ailés, à l'harmonie,
Voici venir les sœurs Euterpe et Polymnhie,
Enlaçant leurs bras purs et leurs chants cadencés ;
Ecoute ; et, remontant vers les avrils passés,
Tu verras, en plein ciel, parmi les étincelles,
Des palmes s'entr'ouvrir comme de grandes ailes

Bagnères-de-Bigorre, le 27 août 1882.

NOCTURNE POUR ÊTRE CHANTÉ

La brise du printemps qui, ce soir, vient d'éclore,
Endort sous ses baisers les chastes fleurs des eaux
Par l'azur attendri qu'un feu vague colore,
Le crépuscule étend d'impalpables réseaux.

Blanche comme les lis et, comme eux, embaumée,
La lune, lentement, monte dans les parfums.
Ah ! Viens parmi les lis, Dame si bien aimée ;
La lune. veut, ce soir, baiser tes cheveux bruns.

Viens ! En ses chaînes d'or, l'Ombre a surpris la terre,
Une source d'argent palpite aux creux des bois,
Aux calices en pleurs la nuit se désaltère :
Et des hymnes d'amour chantent à pleine voix.

Viens à travers les lis ! Le fleuve, sur la grève,
Gémit comme l'écho d'un paradis lointain.
Partons, afin de voir, en plein ciel, en plein rêve,
Surgir à l'horizon l'étoile du matin.

LA RUINE

Les cloîtres désertés s'emplissent d'herbes folles,
Et les noirs chapiteaux sous leurs enlacements
Murmurent à mi-voix ces plaintives paroles
Que l'on entend, la nuit, dans les vieux monuments.
Ouvrant leurs cœurs — éblouissantes girandoles —
Les boutons d'or ravis disent des airs charmants ;

Les bleuets enlacés autour des sombres lierres
Etalent des écrins d'or pâle et de lapis,
Et prennent en riant des poses familières,
Tandis que, soulevant ses beaux yeux assoupis,
L'asphodèle fait voir ses grappes régulières
Et que l'herbe déroule au loin ses verts tapis.

Sous les arceaux déserts que des parfums emplissent
Avec ces gerbes d'or qui tremblent sur les fûts,
Le soleil est entré : des couleurs se glissent
Harmonieusement sur les débris confus,
Et leurs croupes d'azur onduleux s'assouplissent
Aux aromes épars des daturas touffus.

La ruine s'emplit de chants et de lumières,
Sur les tombeaux sculptés des chevaliers défunts,
Des bouquets de lilas et de roses trémières
Versent joyeusement leurs glorieux parfums ;
Cependant que, goûtant les ivresses premières,
Passent des amoureux mêlant leurs cheveux bruns.

Ils sont venus là-bas, par la route charmante
Où fleurit l'œillet rose et la fleur du fraisier,
Où près des clairs ruisseaux croissent des pieds de menthe,
Où la rose amoureuse est toujours au rosier,
Et dans leur cœur chantait la jeunesse clémente
Rayonnant à travers l'azur extasié.

Et le lieu ténébreux où pleure la chouette,
Ce tombeau du passé maintenant refermé,
Plus triste et plus désert qu'une âme de poète,
S'est, soudain, au soleil, lentement ranimé.
Le sépulcre fleurit plus gai de l'alouette
Et chante le bonheur sous ce beau ciel de mai.

Mon âme est un décombre où le vent et la pluie
Insultent ce qui fut la splendeur d'autrefois,
Un tableau dédaigné que personne n'essuie,

Un instrument fêlé qui cherche en vain sa voix,
Un palais déserté dont les murs noirs de suie
Se souviennent encore d'avoir couvert des rois.

J'élevais dans la nuit des jardins chimériques
Pour cacher à ce monde envieux et moqueur,
Les nymphes, les péris et les anges féeriques
Qui viennent, par instant, s'endormir sur mon cœur.
Mais, hélas ! j'ai perdu les ivresses lyriques
Comme un vase brisé d'où tombe la liqueur.

Et le mal est si grand que même ton sourire
Ne donnera plus à ce cœur ténébreux
Les pâles fleurs des morts où la tombe respire,
Ni, dans les soirs de mai féconds et chaleureux,
Sous un rayon brûlant comme un accord de lyre,
Des groupes enlacés d'éphèbes amoureux.

Sous vos pieds légers, sous vos pieds de soie,
Sous vos pieds plus doux que l'air d'un beau soir,
Sous vos pieds qui font éclore la joie
J'ai mis mon espoir.

Sous vos pieds étroits, sous vos pieds de reine
Qui nous font parfois cet insigne honneur
De rire en fuyant, sous la longue traîne
J'ai mis mon bonheur.

Sous vos pieds subtils, sous vos pieds de fée
Qui courent tout pleins d'esprit et d'humour
Comme une chanson lointaine étouffée
J'ai mis mon amour.

Sous vos pieds divins, sous vos pieds de femme
Qui passent d'un air charmant et vainqueur
Pour qu'un beau jour, vous y marchiez, Madame,
J'ai mis tout mon cœur !

BOUQUET DE COTILLON

Pour le bal rustique où le pied déflore
Les gazons que borde un massif vermeil
J'ai cueilli pour toi, bouquet nonpareil,
Ces tiges de lys et de passiflore.

La nuit ne sera qu'une longue aurore,
(Adieu les hookos et le beau sommeil !)
Et dans des sonnets couleur de Soleil,
Je t'appelerai Cydalise ou Laure.

Prends ces nobles fleurs que j'aime d'amour,
Où des larmes d'or s'irrisent et tremblent.
Ces fleurs sont à toi, ces fleurs te ressemblent,

Porte-les ce soir dans ta jolie cour,
Tu me les rendras, plus tard, sous les trembles
Pendant le galop que l'on danse au jour.

Juillet 1884.

POÈMES SATIRIQUES

BALLADE

Exécutée en rimes parnassiennes à la louange du Drap Bosviel

Chœurs bondissants par l'oréas neigeuse,
Faunes velus, thyades aux bras blancs,
Vous qui menez la cordace orageuse
Des antres sourds aux pics étincelants
Et qui, le soir, sous les rameaux tremblants,
Mêlez vos voix au crotale sonore
Je veux chanter, en un rythme de miel,
Le drap vainqueur, le drap essentiel,
Le drap cossu dont Bigorre s'honore :
Le meilleur drap est celui de Bosviel.

Bosviel n'a pas la mine avantageuse.
Son ventre gros bedonne et sort des plans,
Son poil est gris et sa face rageuse :
Même il a pour nos regards indolents
L'air abruti des messieurs icoglans.
Cependant la flamme interne le dore
Mais, dédaignant tout chic matériel,

Il va tissant la laine sous le ciel.
Et sans qu'il soit besoin de Mandragore,
Le meilleur drap est celui de Bosviel.

Par les taillis ombrés de nuit songeuse,
Le long des bois pleins de parfums troublants,
Nul ne le vit contempler Bételgueuse,
Cueillir des fleurs ou marcher à pas lents,
Nul moins que lui ne mange d'ortolans.
Il parle peu, sans nulle métaphore,
Il aime mieux Gothon qu'Alaciel
Et, des bourgeois sort providentiel,
De couronnes d'or son front se décore :
Le meilleur drap est celui de Bosveil.

ENVOI

Prince, Carrère est beau comme Ariel,
Et l'oncle Uzac se teint avant l'aurore,
Turon fournit l'onguent essentiel.
Mais, de Dunkerque aux montagnes d'Andorre,
Le meilleur drap est celui de Bosviel.

Bagnères de Bigorre, 1880.

CRI DE GUERRE DE CLAQUEDENT

En guerre, les guerriers ! Mahomet !
Mahomet !

V. H.

En guerre, les croupiers ! ratissez ! ratissez !
Les poules auront beau geindre et crier : « Assez »
Qu'on écrase cette gnognotte
Ramassez, ô servants du directeur Corbin,
L'argent de la voiture avec l'argent du bain
Et qu'il emplisse la cagnotte.

Meure la Herberie et tous les décavés !
Caissiers, grooms et garçons, jamais ne vous levez
Devant Desplas au complet jaune.
Méprisez, comme il sied, les poètes sans or.
Si Monsieur de Panat veut emprunter encore,
Montrez-lui des nez longs d'une aune.

Un Corbin, père heureux de Gaston, soit en vous !
Que l'un ait son filage et que l'autre, à tous coups,
Glisse deux louis sur la palette !
Et nous vous conquerrons, ô plaque de métal
Qu'en un langage aussi figuré que brutal,
Les Alphonses nomment « galette ».

Cercle franc-comtois, février 1882.

Je suis redescendu des mondes impossibles
Mais je garde toujours leur vaste vision
Et je porte en mon sein la postulation
D'un paradis de fleurs immarcescibles.
Pour remplir la largeur de mon âme, il faudrait
L'âpre possession entière et triomphante,
Des songes monstrueux que l'opium enfante
Au bord de l'infini dont le seuil transparaît.
Je reste froid devant les voluptés banales
Qui soulent sans effort les hommes raccornis ;
Et le cœur dévoré de chaleurs infernales,
Vers l'idéal noyé de parfums infinis
Qui seul peut refleurir les tiges arrachées
Je tends en sanglotant mes lèvres desséchées.

(Pau, 1890).

VILLANELLE

Ne soyez pas étonné,
Si Maurras est un peu buse,
Maurras entend par le né.

Barrès — que déraciné !
— Comme Charlot, en abuse
Ne soyez pas étonné.

Et Moréas a corné
Dedans cette cornemuse !
Maurras entend par le né.

Un remugle inopiné
De son proboscide fuse.
Ne soyez pas étonné.

Qui, pareil au veau mort-né
Se peindra ? Signac ? Mabuse ?
Maurras entend par le né.

Le beau-frère saumoné
Lui rit au fond d'une écluse
Ne soyez pas étonné.

Drumont, bedeau forcené
Vante fort cette méduse.
Maurras entend par le né.

Daudet, sur son raisiné,
Il pleure comme Arethuse :
Ne soyez pas étonné.

Mais que Zola malmené
Gronde, la chose l'amuse
Maurras entend par le né.

Les belles dames Phryné
Violante aux yeux de ruse,
— Ne soyez pas étonné. —

Toujours ont rubiconé
Sa punaisie et sa muse.
Maurras entend par le né.

A grands coups de péroné
Fêtons sa hure camuse !
Ne soyez pas étonné
Maurras entend par le né.

Le 17 septembre 1898.

Suit Anna ter Muiden.

PORTRAITS DE FAMILLE

Le père Chose éteint le feu
Et, pour qu'aucun valseur ne lampe,
Renverse le thé dans la lampe.
Ses enfants le voudraient bien feu

Dindonnus semble un peu Dieu
Peint sur le mur, à la détrempe ;
Son crâne est la pomme de rampe
Chère à Philippe de Granlieu.

Près de Misstinguett qu'on assiège
Dindonna, hors d'un bain de siège
Fait de musc et de néroly,

Se comprime le métatarse.
Son corset de bourre est empli !
C'est une dinde avec sa farce.

ODELETTE POUR LE NOUVEL AN

Dans la brune et l'averse,
Malgré le temps adverse
Et la malignité
Du ciel crotté ;

Malgré le vent, la pluie
Et cette odeur de suie
Inhérente au métro
Quand il pleut trop,

Quand les dames âgées
D'un corset affligées,
S'abattent sur les poufs
En disant « ouf ! »

Et que, bleu d'épouvante,
Le conducteur invente,
Pour entasser leur gras,
Des tours de bras ;

Malgré que le bitume
Soit sale, que maint rhume,
De l'ouest ou bien du nord,
Vienne aux ténors

Et dans le flot insane
Des juleps, des tisanes
Des mucus des crachats,
Item, des chats,

Transmue ô Paracelse ! —
Werther les fils de Welse
En mornes et blafards
Epicemards ;

Malgré ces météores
Qui, pour les égregores,
Les rastas, les faquins,
Se font taquins ;

Malgré que la volaille
Pue, que l'huître bâille
Dans nos mornes déduits,
Cafés de nuit ;

Les heures voltigeantes
Et les lunes étrangeantes
Des saisons et des jours
Mènent le cours !

Ainsi qu'un doigt farouche,
La grande aiguille touche,
Sur le cadran minuit :
L'An s'est enfui !

De tant de formes vaines,
Chagrins, bonheurs, déveines,
Tristesses ou gaîtés,
Rien n'est resté !

La vieille Année est morte
Et le Diable l'emporte
Là-bas, dans les sous-sols
De son guignol.

Mais la cloche bavarde
Ne veut pas qu'on s'attarde
Aux chemins effacés,
Dans le passé.

Sous les terres que noie
Un ciel triste, la Joie,
Avecque le froment,
Reste dormant.

De ses voix argentines
Avril, sonnant matines
Viendra, bon sommelier,
La réveiller :

Et loin des jours moroses,
Sous un chapeau de roses,
La conduire au réveil,
En plein soleil.

Donc, cloche, carillonne,
Tinte et que réveillonne
D'espérance adorné,
L'An nouveau-né !

DÉPLACEMENTS ET VILLÉGIATURES

> Deux amants, internés dans cette solitude,
> Achevaient un bézigue et se crevaient d'ennui.
>
> LOUIS VEUILLOT.

Les rapides sentent le chien et l'houbigant :

En outre le fumet des vieilles dames quand,
Au retour du soleil et des roses amènes
Emigrent les pignoufs, plus ou moins élégants.

Et voici que du nord au midi, se promène
Le touriste, chaussé de blanc, de blanc vêtu,
Qu'il sorte du Japon, du Limbourg ou du maine.

Thermidor, incitant le mufle courbattu,
Vers la plaine et les monts pousse des cavalcades,
Soleil ! de leurs hymens regonfle la vertu !

Après dîner fumant sénateur ou havanes,
Ils marchent bedonnants et flasques — tel un veau
Tel encore un dindon qui roue et se pavane.

Ils sont frais comme un air de la *Clef du Caveau*
Mais, nantis la plupart, de chèques, de bank-notes,
Ils perlustrent la Manche ou le pays de Vaud.

Tyrol, Armor, Zéeland aux cités huguenotes
Leur offrent des *gril-rooms* où merles et choucas
Prennent le nom décoratif de gélinottes ;

Où saumon, riz au lait, bœuf et tapiocas
Exhalent un bouquet de rinçure et d'eau grasse,
Où l'unique melon cause des altercas.

Les vieilles aux fanons de jumart que cuirasse
Un busc rigide, sans molaires ni cheveux,
Entreprennent quelques mineurs, sur la terrasse.

Et, chez les compagnons de leurs petits neveux
Ces « mamans Colibri » que la saison anime
Des puceaux rénitents auscultent les aveux.

Au baccara-tournant les pontes unanimes
Vitupèrent la guigne et le tirage à cinq,
Moyennant des apports qui ne sont pas minimes.

(Certes, mieux vaudrait-il popiner sur le zinc
Tel Verlaine — ayant, pour mitiger nos pituites,
La Révalescière et les Pilules Pink.)

Un orchestre forain exécute des suites :
Aux Arènes, l'on voit Monsieur de Max tout nu :
Ainsi, l'ombre d'Hector dans Ilios détruite.

Le bridge, le tennis et le golf saugrenu
Occupent l'intellect des cercleux et les aident
A tolérer le « flot d'azur », l'Alpe cornu,

La Moraine, le lac plaintif qui les obsède
Et les plages aux sables d'or, que Bædecker,
Pour eux seuls, décrivit depuis A jusqu'à Zède.

Comme Physignatos descendant chez la Kèr,
Ils bâillent à Dombourg, à Carlsbad, sur les Vosges
Et se font des cheveux dans Locmariaker.

Jeune Dieu que le myrthe enguirlande et la sauge,
Est-ce pour leur complaire, Été, que tu fleuris ?
Vois ! la guenon babouine et le goret patauge.

Ce sont les Riches, vois ! de sottises épris,
Moins bien pourvus encor d'argent que de bassesse
Et plus que le dernier des goujats, malappris.

Bande sur eux ton arc d'argent. Frappe ! qu'ils cessent
D'enlaidir à tout coup le monde profané,
De poindre la Beauté, cette unique princesse !

Que les gâteux, la duègue au casque de henné,
Les cabotins et les *clubmen* de toute sorte,
S'agglomèrent pour un départ concaténé,

Qu'ils disparaissent — (tel un crabe dans l'eau morte) —
Avec leurs yachts, et leurs autos, et leurs discours,
Les larbins du *Palace hôtel* faisant escorte.

De la montagne où Thérésa gardait les ours
Qu'ils disparaissent ! Qu'ils s'effacent de la grève !
Et qu'ils aillent chanter — s'ils savent — dans les cours,

Puisqu'il est peu civil de demander qu'ils crèvent.

Saint-Briac (I. et V.)

Août 1910.

SOIR DE MARCHÉ
(Sonnet)

A mes amis Jean MERLY et Henri DESPERRIERS.

Sur la table poisseuse où les flots variés
Des « byrrhs » et des « amers » coulent depuis douze heures
— Car, c'était jour de grand marché — les mouches meurent
De découragement au fond des sucriers.

Les pacants ont vendu leurs œufs avariés,
Leurs cochons, de la margarine pour du beurre :
Donc, très saouls à présent et l'haleine qui fleure,
Ils s'imbibent à l'*Auberge des Deux Lauriers*.

Le vin bleu, le vin blanc, le rhum inauthentique
Emplissent jusqu'au bec ces fumeuses pratiques.
Un jeu de cartes gras fait exclamer ceux qui
Gardent encore, en attendant que l'on vomisse,
La jugeotte qu'il faut pour poser les prémisses
D'un bezigue, en chantant ! Mayol — leur tonki-ki.

CHANSON POUR LE BAPTÊME DU PETIT DERNIER

Pendant que son moutard geint
Ce brave Monsieur Darvein
Jubile
Jubile.

Car sans s'en être douté
Il voit sa postérité
Accrue
Accrue.

Il en a, malgré les cris
L'honneur sans en avoir pris
La peine
La peine.

De sa femme il est content
Et l'appelle à chaque instant
« Ma bonne
Ma bonne. »

Mais la nourrice voyant
Le petit tout larmoyant
Le berce
Le berce.

Et sur un ton convaincu
Lui fredonne l'air : « cocu
Mon père,
Mon père ».

APOLOGIE POUR M. DUEZ

15 mars 1910.

Duez, Ménage et Lecouturier
Font exhaustes les marsupies.
On vante du Tchad à l'Erié
Duez, Ménage et Lecouturier
Ils cueillent la poire au poirier
Et, dans vos poches, les roupies.
Duez, Ménage et Lecouturier
Font exhaustes les marsupies.

*
* *

Edmond Duez était porté sur
Ce qu'on nomme « la douce affaire ».
Lorsqu'on le mit au pied du mur,
Edmond Duez était fort, mais sûr.
Heu ! *Fluctuat sed merditur ?*
A présent, le décri s'avère :

Edmond Duez était porté sur
Ce qu'on nomme « la douce affaire ».

*
* *

Quel glossateur nous donnera
Les *ménagiana* de Ménage ?
O vieux décors de l'opéra,
Quel glossateur les donnera ?
Connut-il des tantes ? des rats ?
Ce vieux — si propre pour son âge !
Quel glossateur nous donnera
Les *ménagiana* de Ménage ?

*
* *

O splendide ! ô Lecouturier
Que vers nous le *Matin* délègue
Vos comptes ! Si les apuriez,
O splendide ! ô Lecouturier !
Vous-même et sur le coup, tueriez
Les moines plus cossus que Leygues.
O splendide ! ô Lecouturier !
Que vers nous le *Matin* délègue !

*
* *

Je ne plains qu'à demi ceux-là
Qu'ont vos talents pris pour chouettes,
Ce sont des riches qu'on vola.
Pourquoi, les plaindrais-je, ceux-là !
Mordez-les jusqu'à l'os ! Voilà
Ce qu'au fond du cœur, je souhaite.
Je ne plains qu'à demi ceux-là
Qu'ont vos talents pris pour chouettes.

SUPPLIQUE

A mon ami C. Pintat.

Partir est un destin funeste !
Si j'étais chef d'un grand état
J'aurais pour cuisinier Pintat
Et je me ficherais du reste.

ARMAND SILVESTRE.

Agganipide ! et, moi, je chante aussi Pintat,

Car je voudrais que son pur génie édictat,
Après l'effort de l'*Omelette Armand Silvestre*
Quelque ragoût dont mon orgueil se délectât.

Je voudrais que mon nom, trop longtemps sous séquestre
S'en allât tout fumant vers la postérité ;
Dans la vapeur d'un hochepot ou d'un ménestre ;

Que, loin des Francs-Maçons et de la Cégété,
De Maurevert, tel un héros de l'*Iliade*
Mon souvenir fût par les goinfres exalté :

Et que, de Saint-Sauveur omettant la naïade
Ceux qui mangent encor dans ce siècle pervers
Prissent plaisir au *plum-pudding Laurent Tailhade.*

J'ai noirci beaucoup de papier. J'ai fait des vers,
Vers idiots, à la façon de Déroulède
Et, comme Jean Rameau, gambillant de travers,

J'ai dégainé mon estramaçon de Tolède,
Contre plusieurs moulins je me suis escrimé,
J'ai supporté l'odeur de Janvion qui plaide.

Et Bunau-Varilla, seigneur très bien famé,
Laissa tomber sur moi (son fauteuil vaut un trône)
Des conseils par qui fut mon style réformé.

Or, voici que Barrès nargue la fièvre jaune
Et que G. Hagadol pavoise ses habits
D'un tel ruban qu'on l'a surnommé « le roi des aunes ».

Voici que Jules Bois, crème et fleur des Nabis
Reboute indulgemment Euripide et Racine,
Poètes qui ne sont point de son acabit.

Mais moi, plus vague qu'un rescapé de Messine
Je stagne, loin des Hélicon et des Walhall :
Car le Bidet-Volant réfracte à ma houssine,

O Pintat ! dont Carème eut été le rival
Toi dont Cambacérès eut protégé la gloire,
Pour les siècles futurs donne-moi ton aval !

Prends mon nom ! ouvre-nous les portes de l'Histoire !
Et qu'un docte hachis, par ton art mis en train
Nous produise — truffés ! — au temple de mémoire !

A donc, humant les crus du Médoc et du Rhin,
Et, près de tes fourneaux ayant pendu ma harpe,
Non omnis moriar si tu me fais parrain

D'un lapin fameux ou d'une immortelle carpe.

Le jeune Alcindor nage dans le rose
Et pour peu qu'il ponde un nouveau sonnet,
« Oh ! les vers charmants ! » dit le petit Chose
Montrant son monocle au peuple étonné.

Dans son style, fleur que chacun arrose,
(Les Jeux-Floraux l'ont déjà couronné)
Baudelaire a mis sa charogne et Rose
Ses petits souliers et son petit nez.

Bien qu'il aime pour des prix très modiques
Il n'a pas de mots assez magnifiques
Pour chanter ses nuits et leurs doux abus.

Il est fort romance et dix-huit-cent-trente
Et forge à grand frais, car le bruit le tente
Un recueil complet comme un omnibus.

*
* *

Vous dire que je suis séchard serait prolixe,
Et que vivre ne peux sans un renfort nouveau
Passez donc un louis (c'est une somme fixe),
En attendant ton jour, Homme à tête de veau.

*
* *

Je rédige en quatrains cette demande vague
Sous les yeux bienveillants de la Dame qui pour
L'irascible Gandoin dont un geste l'élague
A des attentions, en expectant son tour.

*
* *

Heureux Gandoin ! Malheureux moi ! Si vers sept heures
Je sonne à votre porte, ouvrira-t-on ce soir ?
O fiacre à l'heure, inutilement tu te pleures,
Comment sur tes coussins reviendrai-je m'asseoir :

*
* *

Et de plus comme il fait grand chaud, comme les douches,
Sont idoines à raffermir notre intellect
Me pourrai-je bercer, ô douches, sous vos bouches,
Avant de me produire en un monde sélect.

*
* *

Ô Cogne, passez-moi le louis que distingue
Sa couleur jaune avec l'échangibilité,
Le louis d'or meilleur que les blancs œufs meringue
Dont les personnes urf agrémentent leur thé.

*
* *

Et je célébrerai votre gloire en distiques
Impeccables (tel Jean Rameau les transuda)

Et l'ache et le fenouil, guirlandes pathétiques
Uniront leurs senteurs au vert du réséda.

*
* *

J'y mettrai tant de fleurs même de Passiflore
Et de sauge et de romarin bon à la peau
Que mes rimes sauront fournir à lady Flore
Assez de végétaux pour en faire un chapeau.

*
* *

Et maintenant que j'ai présenté la sébile
Et chanté pour avoir des sous comme le vieux
Qui hurle dans les cours sans se faire de bile
« *L'hirondelle du prisonnier* », cet air pieux

*
* *

Envoyez au plus tôt à Chaillot la Princesse
Qui nous rase dans le secret du cabinet
Ouvrez la porte avec la caisse et que sans cesse
Vous préserve le ciel de lire Georges Ohnet.

LE CHAPEAU DE BLADÉ

« Noirci des baisers des rafales ».

Etienne BLADÉ.

Voici venir le temps, où, sur ses ailes jaunes,
Le chapeau de Bladé prend des tons nacarrats,
Et lui, dont chaque vers vaut trente-six carats
Se porte avec la grâce imprudente des faunes.

Le chapeau de Bladé prend des tons nacarrats,
Des tons clairs comme en ont les rouges anémones
Colères de boxeurs, imprudences de faunes,
Le chapeau du poète est grand comme un haras.

Des tons clairs qu'envieraient les rouges anémones
Font qu'en le regardant on sent tomber ses bras,
Le chapeau du poète est grand comme un haras
Où brillent des poulains, les gaîtés folichonnes.

Rien qu'en le regardant je sens tomber mes bras
Et je rêve aux soleils couchants parmi les aulnes
Puis je songe en moi-même aux gaîtés folichonnes
Qu'auront, à le manger, les souris et les rats.

VIRGO FELLATRIX

(Litanie pour Adoré Floupette.)

Les mains ! palmes du cœur ont tenté les luxures
Que se cherchait la chair de baisers somnolents,
Hélas ! Sans élever, même sous les plus sûres
L'espoir de s'arracher d'invincibles élans,
Les mains ! palmes du cœur ont voulu ces luxures !

Les yeux ont poursuivi la fuite vagabonde
De l'avenir épars aux *hocus pocus* bleus
De l'horizon livide et cher, où, vague, abonde
Miel et beurre épandu le Fleuve fabuleux.
Les yeux ont poursuivi la fuite vagabonde.

Les lèvres ont rythmé le rituel pensif
Et descendu la lampe aux lampes souterraines
Pour abolir l'écume homicide, ô récif !
De l'occulte parvis où les voix sont les reines.
Les lèvres ont rythmé le rituel pensif

Car c'est dans l'accord pur des beautés extatiques
Des Lèvres et des Yeux, des Palmes et des Seins,
Qui s'affirme, parmi l'azur clair des portiques
L'adagio de mes réthismes malsains
Le Thème chante sur les accords extatiques.

Dicthame ! Les *Lys* noirs de ma virginité
Emergeant du désir écarlate des pièvres !
Car vous êtes l'autel du dragon respecté,
Car vous êtes les Yeux, les Palmes et les Lèvres
Et vous êtes l'orgueil de ma Virginité.

Nicéphore PAQUERETTE.

VERS LA JEUNE ÉCOLE

A M. FRANÇOIS COPPÉE, épicier.

Longuement poursuivi par un tailleur crotté
A qui j'avais souscrit un billet protesté
Sur du papier à cul-de-lampes,
J'allais voir tous les jours les beaux soleils couchants,
Plaisir économique, ou bien chez les marchands
Brocanter de vieilles estampes.

Car je dédaigne enfin ces vieux trucs puérils,
Tel que de s'en aller dans d'éternels exils
Vers la Belgique aux ondes fraîches,
De se lever avant quatre heures du matin
A l'heure où, poussé par son réveille-matin,
Le facteur porte les dépêches.

Elle est évanouie à jamais la candeur
Qui fait que l'on conserve un reste de pudeur
Devant la facture poisseuse
Et que l'on cherche en vain des airs indifférents
Pour dire à ses amis « Prêtez-moi donc dix francs
Pour payer ma blanchisseuse ».

Et je dis zut ! Mon toit maintenant habité
Me voit candidement lire une « intimité »
« Plus de sang » la reine des odes
Et tous ces petits vers où Coppée a le don
De débiter avec un geste d'abandon
Des petites choses nigaudes.

Cependant j'ai blagué tout cela, j'ai blagué
Même le doux recueil si touchant et si gai
Qui s'appelle « Le cahier rouge »,
Où les gantières et les sous-chefs de bureau
S'abreuvent depuis que Jérôme Patureau
Ne se lit plus même à Montrouge.

Mais cet espoir, hélas ! d'un avenir doré
D'un hymne radieux par l'amour inspiré

A duré pendant cinq minutes,
Et, vaincu par le chœur infect des créanciers,
Je vois fleurir enfin la graine d'épiciers
Et des gens qui font les minutes.

J'en ai beaucoup souffert, mais j'en ai beaucoup ri.
Je ne fais plus de vers, et pour toujours guéri,
Je te salue, ô doux Coppée,
O poète vraiment digne du temps nouveau
Qui chante l'amour pur avec le ris-de-veau
Et la cannelle et l'épopée.

Même je tâcherai de payer dans le mois
A tous mes créanciers tout ce que je leur dois
Et, puisque nul ne te résiste,
Je deviendrai très propre et très simple ; j'aurai
Dans ma chambre un fauteuil d'acajou rembourré
Par un menuisier simpliciste.

Je ne lirai plus rien de Baudelaire, ni
De ce Théo qui fait sur l'or rouge ou bruni
Scintiller d'étranges cratères.
Étant très idiot, j'aurai beaucoup d'amis
Et je pourrai rêver de devenir commis
Dans n'importe quels ministères.

BALLADE

(Touchant les aboyeurs antisémites.)

Au gui l'an neuf ! Voici les pitres !
Abbé Garnier, abbé Gayraud
Bedeaux, truands, mouchards, bélitres,
Boulange ! et les hâteurs de rôts !
Ecoliers des gros numéros
Voici venir, emplis de charmes,
Les hobereaux, les maquereaux :
Tout l'effectif est sous les armes.

« Vive la France ! » On boit des litres
Catholiques, chez les bistros
En beuglant à casser les vitres.
Comme un singe, sous les barreaux,
Cassagnac, huileux et gros,
Imite la vigueur des Carmes
Et redresse maints généraux.
Tout l'effectif est sous les armes.

Étudiants ou porte-mitres
S'offrent pour valets aux bourreaux.
Drumont, en de nombreux chapitres,
Fait voir à quel point les taureaux
Sans prépuce sont immoraux.
Millevoye imbibe de larmes
Vieillottes plusieurs bordereaux.
Tout l'effectif est sous les armes.

ENVOI

Les Trestaillons, les Debureaux
T'insultent ! Ris de leurs vacarmes,
Zola, prince au cœur de héros.
Tout l'effectif est sous les armes.

« Tartine démocratique et simpliciste
où certains vers parodient assez agréablement la manière du petit Coppée,
ce doux fabricant de guimauve ».

(Extrait d'une lettre à sa mère).

J'aime à flâner le soir aux vitres des boutiques,
A l'heure, où dans les cieux pareils à des portiques,
La nuit monte avec son cortège sidéral ;
Quand le gaz rouge et bleu, de ses ailes volages,
Met des flammes sur les plus minces étalages,
Et donne à toute chose un éclat triomphal.

J'aime à nourrir mes yeux de gloires infinies
Qui vont se dégageant des chaudes harmonies,
Des diamants dans leurs écrins de velours bleu,
Des saphirs azurés, des vertes émeraudes,
De l'or noble et rythmique et de toutes les fraudes
Qui font resplendir l'homme et le couronnent dieu.

J'absorbe la lumière insolente et joyeuse
Pailletant de rayons chaque étoffe soyeuse
Lutinant le satin, la moire et le brocard,
Les bronzes, les émaux, les coupes de vieux Sèvres
Qui gardent, doux trésor, comme un parfum de lèvres
Et les armes dont chaque éclair semble un regard.

Mais, c'est près des bazards où vont les pauvres mères
Faire voir à leurs fils ces jouets, ces chimères,
Qu'ils ne pourront jamais tenir entre leurs mains,
Ces beaux jouets couverts de fils d'or et de soie
Dont le moindre serait un poème de joie
Pour ces pauvres petits qui vont par les chemins ;

C'est là que plus souvent je m'arrête et je pense,
Je pense que le sort injustement dispense
Les fêtes de la vie à ceux qu'il y jeta
Et que, pendant qu'il donne aux plus vils les ivresses
De la jeunesse en fleurs des baisers, des maîtresses,
D'autres, lugubrement, montent le Golgotha ;

Je pense que depuis des siècles, sur la terre
Un petit nombre, hélas ! mange et se désaltère

Lorsque l'humanité meurt de froid et de faim,
Qu'il serait bientôt temps que justice fut faite,
Que les souffrants, enfin, pussent poser leur tête
Et les mères jouer avec leurs chérubins ;

Je pense que le peuple est une chose sainte
Que les grands ouvriers qui, sans honte et sans crainte
Supportent le labeur de toute une cité,
Ne devraient pas errer dans la brume glacée
En haillons, remplissant leur hautaine pensée
De jalousie ardente et de férocité ;

Que, si l'on ne veut pas avoir de barricades
Que, si l'on craint pour soi ces jours de fusillades
Où le droit prend le glaive et saisit l'étendard
Pour éviter l'horreur de quelque heure suprême
Il faudrait arracher enfin l'artisan blême
Homme, au labeur sans trêve et femme, au lupanar.

. . . .

Je rêve à tout cela, quand, devant les vitrines
Pour retenir vos pleurs, contractant vos narines,
Vos enfants, à la main, mères, vous paraissez ;
Car je vous reconnais et mon cœur sympathique

Offre à votre Douleur morne un amour mystique,
Et guette les sanglots sous vos fichus usés.

J'oublie, en vous voyant, les pamples déployées.
Dans un deuil éternel, pauvres âmes noyées,
Votre ciel sans soleil plaît à mon désespoir ;
A travers la rumeur banale de la rue,
La foule impitoyable, à chaque instant accrue,
Longtemps je me retourne et cherche à vous revoir.

Je devine, ô bonheur ! que dans toutes les fanges !
Vous avez conservé vos chastes ailes d'anges,
Que si vous le vouliez, vous auriez ces bijoux ;
Mais que vous aimez mieux votre âme intémérée.
Et je pars, emportant, dans la nuit abhorrée,
Tous ces beaux yeux d'enfant regardant des joujoux.

CARTE POSTALE TIMBRÉE DE MARSEILLE
23 Février 1909

Scheffer qui n'est point laudatif
Et qui, de l'aube au crépuscule
Fait sortir de sa vésicule
Biliaire, un fiel corrosif,

Ma concierge qui, sans motif,
Sur le locataire éjacule,
Et nos Del Sarte ridicules
Approuveraient ce château d'If.

Car, au mitan de la mer bleue,
On l'aperçoit de quelques lieues
Parmi les flammes et les mâts ;

Car les c... (1) dont l'esprit s'obture
Y causent de « littérature »
Sur les propos de feu Dumas.

(1) Je ne sais si je me fais suffisamment comprendre.

MARIVAUDAGE SUBURBAIN

Vers le train, allongeant ses vagons sur la voie,
L'essaim folâtre des calicots s'est rué
Dans les « compartiments » où des gens ont sué,
Il s'installe, joyeux d'une étonnante joie.

En face de la dame aux traits jadis charmants,
Qui de poudre au bismuth son visage restaure,
Un obèse avoué lève et baisse le store
De la portière, avec des gestes alarmants.

La dame dit : « Il fait beau temps — Très beau, Madame,
Je vous ai rencontré — je crois — chez le vidame
Du coin — si ma mémoire est fidèle, Monsieur. »

L'entretien se poursuit sur ce ton précieux,
Si bien que l'avoué ravi de sa compagne
Néglige le melon qu'il porte à la campagne.

COURRIER DE BIGORRE ET D'AILLEURS

D'un accent libre et facond
Lâchons un poème qu'on
Murmure sur le balcon.

Et, sans tambour ni crotale,
Que notre génie étale
Une blonde Orientale.

Ni forceps dur, ni trocart.
Prenons le ton avec art
De monseigneur Jean Aicard,

Lorsque, chassant les autruches,
Dans son Désert en baudruches,
Il gagne la course aux cruches.

Non, Pierre Loti n'a pas,
Lui-même, de tels appas,
A l'ombre des ajoupas.

Plus ferme que dromadaire
Son frère est *Yves !* Modère
Ton allure, ô bayadère.

(Sur la mer, près d'un ilot
Se balance, au gré du flot
Le grelot du matelot.)

Et Strada, vieux ridicule,
Qui sans fin désarticule
L'isof et le dracuncule,

Strada l'homme qui rima,
Féroce autant qu'un puma,
Cent mille vers, sans schéma ;

Devant cet Aicard qui glose,
Quand fleùrit la cynoglose
Reste coi — telle une alose.

*
* *

Le savon sort du Congo,
La nacre vient de Burgau
Et ceci du père Hugo.

Cependant Bagnère héberge,
O le vitrail et le cierge !
Laurent Tailhade et Jean Berge.

L'un est blond comme Phébus,
Antinoüs, Combabus
Et vert comme un chou cabus.

Il dompte, en des hypostases,
Le griffon et les pégases
Pour célébrer ses « Extases ».

L'autre (accomplit-il des vœux ?)
Place en un bedon nerveux
Tout ce qu'il perd en cheveux.

Et ces poètes que gêne
Petitement l'indigène
S'appellent entre eux : « *Ugène* »

Car pour leur chef n'a pas lui
Ce pitoyable meshuy
De lire môssieu Duruy.

Aussi, par les tables d'hôte
Les gargottiers se font faute
De les nommer à voix haute.

Car ils ne seront jamais
Exaltés sur les sommets,
O Buloz ! que tu promets.

Aux messieurs corrects et sages
Qui liment de « beaux passages »
A troubler les vieux corsages.

Nul clairon ne sonnera
Et leur obsèque sera
Chiche en chœurs de l'Opéra.

Car il sied que, triomphantes
Les bonnes mœurs, ces infantes,
Ne montrent aucunes fentes

Et que les jeunes garçons
Vénèrent à l'unisson
Brunetière et ses leçons.

LORENZACCIO.

17 septembre 1891.

OMÉGA BLASPHÉMATOIRE

A bord de l'Aleimadeul.

Cypris ne chante plus sur les ondes...
A l'Arbre de la Croix pendent les Dieux Latins
Car l'Oingt est advenu... les roses,
Pourpre hostiale dans la rousseur des matins.

Profusant l'Hystérie exsangue, les Nécroses
Et, sous un voile impur, tels rites clandestins,
Abimélech avec Melchissédech ! Les proses
Vont clangorer, ce soir, par les naos éteints.

Le sauroctone sous les myrthes de la Grèce !
Estabroli ! Matins de joie et d'allégresse
Où la Taure enfantait au contact d'Osiris !

Ah ! si tu veux la nuit douce, rends les Etoiles !
Moi je vais sur la *Mer*, en des canots sans voiles,
Goûter l'Iode brun interdit aux iris.

ARTHUR RIMBAUD.

DOCTRINE

L'Idéal éclaté comme une pêche blette...

Atteste l'inane d'Œuvrer !
Dis-en l'amer et le stupide :
Cueille ta bouche, Aganippide !
Et la jette à l'Oubli sacré.

Sois le mouton qui tond le pré
D'une langue toujours avide.
(Un char-à-bancs revient à vide
De la ducasse de Longpré)

Bâffre des viandes, bois des vins,
Vide les mystiques levains...
Une tayole tord ses loques

Au torse abrupt des portefaix.
— Le bonnet d'Alberte se moque
De la grimace que je fais.

ARTHUR RIMBAUD.

Paru dans le *Décadent*, N° 14.

PIERRE DE PROVENCE

(Conte d'amour en trois épisodes)

PERSONNAGES

PIERRE DE PROVENCE, le Chevalier aux clefs d'argent.

LE DUC D'ARLES, son oncle.

CALVOCOCOLOPOULOS, maître à danser.

LE ROI DE NAPLES.

MAGUELONNE, fille du roi.

BELLE D'AOUT	*ses demoiselles d'honneur*
ROSE DE MAI	
FLEUR-DE-LAVANDE	
MARJOLAINE	

Nonnes, au troisième acte, sous les noms de

SŒUR.

SŒUR.

SŒUR SAINTE-MARTHE.

SŒUR DES TROIS-MARIES.

LE BERGER TROPHIME.

LE ROI DES ILES-DE-LA-MER	*champions du tournoi*
LE SULTAN DE BAGDAD	
LE COMTE DE BRETAGNE	
LE MARQUIS DE MONTASTRUC EN BIGORRE	

UN HÉRAUT D'ARMES.

Peuple, seigneurs napolitains, pirates barbaresques, nonnes, matelots.

A Naples, au premier acte, puis, en Provence, *au temps des Fées.*

1er acte : Le tournoi. — *2e acte :* La mer latine. — *3e acte :* Le couvent de Notre-Dame-aux-sept-Douleurs.

1er ACTE

LE TOURNOI

Une terrasse d'architecture composite où s'avèrent la fantaisie et les anachronismes du rêve. Elle surplombe l'arène que cachent les arceaux Côté cour (droite du spectateur), le palais dont fenêtres et balcons resplendissent d'oriflammes, de bouquets, de rameaux fleuris. Côté jardin, escalier monumental donnant sur une place publique, Naples. Au lointain : silhouettes de clochers, d'édifices, et tout au fond, rejoignant le ciel où l'aurore commence à poindre, la ligne bleu sombre de la mer, le Vésuve « qui fume à l'horizon ».

SCÈNE 1

Calvococolopoulos, Maguelonne, ses dames d'honneur

CALVOCOCOLOPOULOS

Rhythmez vos pas, ô damoiselles !
Et mesurez vos entrechats.
Dans les parcours, ayez des ailes !
Plus de ballon ! Rhythmez vos pas !

Souriez ! Bon. Que l'on me baille
Cent coups d'épieu si vous n'avez
Tant que dure la passacaille,
L'air de remuer un pavé.

C'est à refaire ! Allons ! De grâce,
Plus d'élévation ! Et plus
De belle humeur ! Sur mes traces,
Voltigez ! Une ! Deux ! Salut !

BELLE D'AOUT

Ah nous n'en pouvons plus, messire !

ROSE D'AVRIL

Je suis lasse
Et tombe de fatigue.

FLEUR DE LAVANDE

Il faut qu'on me remplace.
Car, à force d'écarts et de jetés-battus,
J'ai la hanche dolente et les reins courbattus.

MARJOLAINE

Pensez-vous que ce jeu nous plaise ? On nous disloque !
Un funambule seul, au pourchas des baïoques,
Pour amuser bourgeois, mitrons et petits clercs,
Peut bondir sur un pied ou s'attarder en l'air.
Mais nous, filles sortant de maisons bien famées,
A danser vos ballets nous croyez-vous formées ?

BELLE D'AOUT

Et qu'en guise de caméristes, nos tuteurs
Aient à notre personne attaché des sauteurs ?

CALVOCOCOLOPOULOS

Mesdames, croyez bien... Princesse !

MARJOLAINE

La Princesse

Ne vous écoute mie et contemple sans cesse,
Dans les vagues lointains de la mer et du ciel,
Quelque nuage ou bien quelque rêve.

ROSE D'AVRIL

Ariel

Lui répète les mots que, galants sigisbées,
Aux roses du matin disent les scarabées.

FLEUR DE LAVANDE

Accordant le théorbe aux violes d'amour,
Un chérubin aux jeunes yeux lui fait la cour,
Peut-être et la berçant d'agréables paroles,
Se découvre à ses yeux, beau comme un soleil.

MAGUELONNE

Folles !

Recommençons, Monsieur, s'il vous plaît.

CALVOCOCOLOPOULOS

Enchaînez

Donc. Et surtout, que vos parcours soient ballonnés.
En place !

Je suis exprès venu d'Athènes,
Pour enseigner le contre-point
Et ses pratiques incertaines
Aux gens qui ne le savent point.

— Marquez bien vos coupés !
Je professe encor la grammaire,
Item, la danse et le maintien.
J'écris beaucoup. Je cite Homère
Et Dante. Mais je ne lis rien.

— Dans la traîne
De vos robes de cour, plongez !
Je suis ce qu'on nomme un critique
Et fais briller d'un juste los
Mon nom — comme le miel, attique —
De Calvococolopoulos.

— Et qu'on reprenne
Le balabille, dans un mouvement joyeux
Pour le charme des cœurs et le plaisir des yeux.

SCÈNE II

Les mêmes, Le peuple, dans la coulisse, d'abord, puis sur la scène.

Vivat !

— Honneur au mois de mai !

— Largesse !

Vivat à Maguelonne !

— Amour !

— Santé !

— Richesse !

Gloire au Printemps !

— Salut à la fleur des Beautés !

Joie au premier matin du Renouveau !

— Chantez !

MAGUELONNE

D'où viennent ces hurras, ces cris ?

BELLE D'AOUT

Le populaire

Célèbre à sa façon la date jubilaire
Du premier mai, ce temps des plaisirs bienvenus
Que les païens nommaient « Vigile de Vénus ».

MARJOLAINE

Et, d'après la coutume ancienne, dès l'aurore,
Aux portes du palais frappant à coups sonores,
Les colons d'Ischia, les pêcheurs de Capri
Viennent sur ce balcon planter un mai fleuri.

MAGUELONNE

Qu'ils entrent donc.
A tous, bienvenue et liesse !

LE PEUPLE

Vivat !

CALVOCOCOLOPOULOS

Madame ! eh ! quoi ? Votre Grâce acquiesce
Au vœu de ces pieds-plats ?

MAGUELONNE

N'en prenez point souci,
Leurs jeux nous plaisent fort.

CALVOCOCOLOPOULOS

Ils vont danser ici ?

ROSE D'AVRIL

Avec votre congé, Seigneur venu d'Athènes.

CALVOCOCOLOPOULOS

Ces croquants, ces malvats en sarreau de futaine

Et leurs guenons viendraient faire ici leur lendit !
Princesse !

MAGUELONNE

Il me semblait, Monsieur, que j'avais dit.

Jusqu'à l'heure où buccins, clarines et trompettes,
Mêlant aux carillons leurs défis que répète
Majestueusement, les hérauts du tournoi
Proclameront la joute et les lices ouvertes,
Suivant le bon plaisir de notre père et roi,
Dansez. Que vos chansons et vos rondes alertes
Se déroulent sur le parvis ensoleillé.
Et toi, nourrice, cours. Dis à mon sommelier
Qu'il n'épargne le vin ni les pâtisseries,
Au moment où la tarentelle chômera.
Car il faut sustenter ces braves gens.

LE PEUPLE

Hurra !

UN JEUNE HOMME

O Dame très courtoise et de charme fleurie,
Merci à vous !

LE PEUPLE

Vivat à la fleur des beautés !
— Que son bonheur jamais n'ait de fin ni de cesse !
— Que monsieur saint Janvier garde notre Princesse !

ROSE D'AVRIL

Et c'est ainsi que vient la popularité !

(Dès que Maguelonne a proféré le mot « dansez » garçons et jouvencelles formant la confrérie du Mai campent sur le balcon un arbre enrubanné d'où pendent en guirlandes les fleurs de la saison. Peu à peu, les couples se mettent en posture de danser autour. Une musique de fête accompagne les acclamations populaires qu'elle domine bientôt. Les chœurs attaquent en sourdine les strophes suivantes, au milieu des vivats que la foule — envahissant la terrasse et ne laissant aux dames que l'estrade ménagée auprès du balcon — prodigue bruyamment. C'est une mélodie un peu lente, d'un caractère ingénu et passionné que doit — faisant contraste avec elle — accompagner un air de danse très vif, d'une gaîté franchement plébéienne et méridionale où passent à l'état de rappel vague les *airs connus* de la rue napolitaine.)

Dans les plaines vermeilles
Où l'aube s'émerveille
Et dans les chemins creux
Du bois ombreux ;

Près des rives où chante
La troupe diligente
Des aimables oiseaux,
Sous les roseaux ;

Parmi les champs, les prées
De sauge diaprées
Et les ensorceleurs
Coteaux en fleurs ;

Voici, portant des roses
Mai, funeste aux moroses
Caprices des antans
C'est le printemps !

Printemps, vainqueur amène,
Ta jouvence ramène
Les soleils embrasés
Et les baisers.

Devant ton beau cortège,
Muguets et perce-neige
Ont l'émail pur éclos
De leurs grelots.

Entre primes et laudes,
Vivantes émeraudes,
Les bourgeons frais et verts
Se sont ouverts.

A la nuit chaleureuse
Lilas et tubéreuse,
Déjà, versent un lourd
Parfum d'amour.

Donc imparti la joie
A tout ce qui verdoie :
Règne aussi dans nos cœurs,
Printemps vainqueur !

MAGUELONNE

A vous peuple merci. Que votre ronde se déploie et que le tarentelle bondisse librement. Déjà tintent les cloches. Nous verrons bientôt pour le tournoi les barrières ouvertes.

FRAGMENT DU IIe ACTE

Décor ; Sur le versant d'une falaise boisée — sur le côté la mer.

UN BERGER, *regardant la mer.*

Comme, ce soir, la mer est calme. Tout se tait.
Dans les calanques où la vague s'irritait,
[Heurtant] d'un choc haineux mornes et promontoires,
Où l'écume d'argent bordait les roches noires,
Le flot s'apaise. Le vent tombe. Mais, là-bas,
Laissant flotter ses blanches voiles sur les mâts
— Tel, un oiseau, non loin du nid, ferme ses ailes —
Quelle est donc cette nef, tartane ou caravelle,
Qui s'attarde, et louvoie et semble fuir le port ?
Ah ! c'est la nef, la nef de terreur et de mort
La chiourme [funeste] et de Satan vassale
Qui n'aborda jamais en terre provençale
Sans y porter le crime et les [regrets] amers,
La sombre nef du Roi-des-Iles-de-la-mer.
Quel noir dessein ramène encor ce roi barbare ?
Quel démon le conduit et quel deuil se prépare ?
Que vient-il faire ici ? Rentre, pauvre berger !
Ta misère, du moins, te saura protéger.
Troupeau [léger] chevreaux pendant de roche en roche,
Agneaux bêlants, brebis, rentrons. Le soir approche

(*Il s'éloigne*).

PIERRE

Encore : Descendant le revers du coteau,
Nous trouverons sous les pins noirs une bruyère
Où reposer vos membres las. Venez ! Bientôt,
Sous les tentes du camp où flotte ma bannière,
Vous aurez un abri plus discret et plus sûr.
En attendant, plein de clartés hospitalières
Le ciel de mon pays vous offre son azur

MAGUELONNE

O doux ami, restez près de moi, je vous prie.
Depuis que j'ai quitté la demeure fleurie
De mon père et pour vous commis ce grand péché,
A mon cœur défaillant l'effroi s'est attaché.
Un malheur, à coup sûr, nous menace. Je tremble.

PIERRE

Un malheur ! Un danger ! sommes-nous pas ensemble ?
De l'enfer eussions-nous à [braver] les démons
Sommes-nous pas certains de vaincre ? Nous aimons.

MAGUELONNE

Ce n'est pas un démon d'enfer que je redoute,
Pierre, mais celui-là qui vient sur votre route
Est aussi plein d'astuce et de dol que Satan
Il vous hait. Il me hait moi-même. S'il prétend

A ma main c'est par haine et par fureur d'envie,
Pierre ! de ce félon votre barque est suivie.

PIERRE

Ce félon c'est le Roi-des-Iles-de-la-mer,
N'est-ce pas ?

MAGUELONNE

J'ai pu voir les ondes écumer
Au devant de sa nef, tandis que par centaines
Des vols de goélands posaient sur les antennes

PIERRE

Chère tête. ne rêvez plus à ce forban.
Ce n'étaient ni des vols d'oiseaux, sur les haubans,
Ni l'écume que fait au tranchant de sa proue,
La haute nef d'un roi, mais près de quelque ilot,
Un ressac, ou, peut-être, un dauphin qui s'ébroue
Puis, au couchant, là-bas, entre le ciel et l'eau,
Des nuages dorés que la brise fouette
Et que vous avez pris pour un vol de mouettes

MAGUELONNE

Monseigneur, je voudrais en rire comme vous.
Mais la maudite nef, d'autres que moi l'ont vue.
N'était-ce qu'un flocon de brume, sous la nue,
Ce vaisseau que Fleur-de-Lavande, Belle-d'août,

Rose-de-mai, dont l'amitié pour moi s'exile,
Craintives, me montraient à l'horizon ?

PIERRE

O doux
Trésor ! ô Maguelonne ! à ces craintes futiles
Donnerons-nous le premier soir de nos amours ?
D'un rival méprisé faut-il parler toujours,
Et n'avons-nous au cœur de plus hautes pensées ?

MAGUELONNE

Vous dites vrai. Laissons mes terreurs insensées,
Pierre, mon doux ami, mon maître, parlez-moi
Comme en ce jour de fête où j'ai donné ma vie
Sentant mon cœur frémir d'un immortel émoi.

PIERRE

O rose du matin ! Dame de beauté ! Voi :
Je suis de ta splendeur la conquête asservie,
Je me meurs de t'aimer, ô très-douce ! et ne veux
Pour me lier à toi qu'un seul de tes cheveux

MAGUELONNE

O Pierre ! ô mon amant ! ô guerrier magnanime,
Je te chéris ; du premier jour où nous nous vîmes
Je t'appartins. Tu n'eus qu'à me prendre et ma foi
Tu l'emportas, avec l'écharpe du tournoi.

Lorsque, modeste et fier,
Tu parus dans l'arène,
En corselet de fer ;
Quand, assemblant les rênes,
De ton beau destrier,
Debout sur l'étrier,
Dans une galoppée,
Tu parus à mes yeux,
Saluant de l'épée.
Robuste et gracieux,
Les buccins faisaient rage,
Des voix chantaient en chœur :
Je prévins ton courage
Et te sentis vainqueur.
Après cette journée
De gloire illuminée,
Trouvadours et jongleurs,
O Pierre ! et Maguelonne
T'ont fait une couronne
De lauriers et de fleurs.

PIERRE

Une douce Fée enchante
D'orgueil mes sens éperdus.
Parle ! Que ta voix touchante

Accrédite nos vertus !
Parle ! Ajoute à mes faits d'armes
Ton sourire pur, le charme
Infini de tes discours :
Et vers ta bouche aux paroles
Eloquentes, que s'envole
Mon premier baiser d'amour !

MAGUELONNE

O délice ! ô printemps du bonheur ! Jour d'ivresse,
Jour, où, pour la première fois,
Sur mon être éperdu se posent tes caresses,
Où ta main redoutable presse
Contre ton cœur, un cœur qui n'appartient qu'à toi !

PIERRE

Comme on voit, en mai, la rose
Fleurir, au premier matin,
Auprès des saules moroses,
De l'if et des lauriers-thym
Dans la brume aux larges toiles,
Comme on voit aussi l'étoile
Divulguer son bleu saphyr,
Malgré la haine félone,
Etoile et fleur, Maguelonne
Sur mes jours va resplendir

MAGUELONNE

Je ne suis ni la fleur du printemps, ni l'étoile
Que, tour à tour, la Nuit assombrit ou dévoile,
Mais une femme qui t'adore éperdument,
Plus valeureux que Galaor et plus charmant
Que tous les preux d'Arttrus ou de La-Table-Ronde
Bravant la haine qui mord, la fureur qui gronde,
Tu m'as prise. Pour toi, soudain, j'ai tout laissé,
A ta noble vertu mon cœur s'est fiancé
Et près de toi, Seigneur, Maguelonne aguerrie
Trouvera désormais ses dieux et sa patrie.

PIERRE

O reine d'or,
O Maguelonne,
Fée ou Madone
Parlez encor !

Dame soëve,
Parlez ! j'ai peur
Que mon bonheur
Ne soit qu'un rêve,

Rêve incertain
De l'heure brève
Et qu'au matin,
Il ne s'achève,

MAGUELONNE

Non, Pierre, ce n'est pas un rêve. Non. L'amour
Des ans injurieux même affronte le cours ;
Il ignore, à jamais, les étapes franchies
Et nous nous aimerons sous nos têtes branchies

PIERRE

O Maguelonne ! O Vierge ! O reine ! O ma beauté !

MAGUELONNE

Pierre, mon doux orgueil et mon maître ! Chantez
L'hymne de notre amour à l'heure où le soir tombe.

PIERRE

Dans sa fournaise d'or le soleil s'est perdu.

MAGUELONNE

Voici que l'on entend se plaindre les colombes !

PIERRE

Et le flot palpiter comme un cœur éperdu.

MAGUELONNE

Le chant des mariniers se mêle au bruit des lames

PIERRE

Les hommes et les flots pour notre épithalame
Ont mis d'accord leur voix [ardentes] leur langueur :

MAGUELONNE

Et le cœur de la mer bat avec notre cœur

PIERRE

La nuit au dieu d'amour apporte ses prémices :

MAGUELONNE

Dans le ciel vert, fleurit l'étoile du Berger.

PIERRE

Les grands pins couronnés de ténèbres gémissent.

MAGUELONNE

Les fleurs de volupté [découvrent] leurs calices

PIERRE

Et dans l'air bleu monte l'âme des orangers,

MAGUELONNE

Enlace-moi de tes bras. Que ta bouche
S'attarde vers ma bouche. Enlace-moi !
Que ton étreinte farouche
Sur ta poitrine me couche !
Prends ton esclave, ô mon roi ;

PIERRE

Donne-moi ton baiser, Maguelonne !

MAGUELONNE

O mon maître,
Comme un vin d'amour, ce baiser
Ce baiser — attendu si longtemps — me pénètre !
Il m'enivre. Il emplit mon être
De ses délices embrasés.

PIERRE-MAGUELONNE, *ensemble.*

Délice qui nous embrase !
[Morsure] transports ! extase !
Je chanterai l'hosanna !
Fais qu'à jamais s'éternise
L'heure qui nous divinise,
Amour qui me la donnas !

PIERRE

Laisse-moi tes yeux, Maguelonne !
Laisse-moi tes lèvres de miel
Ton sein, ta chevelure. Donne,
A ton amant, donne le ciel !
Laisse, laisse encor mes lèvres sur tes lèvres ;
Je voudrais mourir dans cet ardent baiser,
Dans le transport qui m'enfièvre
Et dans mon bonheur encore inépuisé.

MAGUELONNE

Mon Pierre aimé, je t'appartiens !

PIERRE

Maguelonne, je t'aime ! Viens.

MAGUELONNE

Le charme de la nuit tombe sur mes paupières,
Tandis que le couchant s'amortit dans les cieux,
Un voile de langueur passe devant mes yeux.
Et le flot du sommeil m'emporte, Pierre ! Pierre !

Maguelonne s'endort.

PIERRE, *penché vers elle.*

Dors, ô rêveuse bien-aimée !
Puisque les corolles pâmées
Des lys, à présent sont fermées :

Puisque, mélodieux, parmi
Les roseaux, les saules amis,
Tous les cygnes sont endormis :

Et que, dans la nuit, par bouffées,
Chuchottent des voix étouffées,
Pour bercer le dormir des fées.

Il se lève.

Elle dort ! Elle dort ! Je veux qu'à son réveil
Toutes les fleurs de la colline,
Lavande, romarin, sauges, œillet vermeil
La couvre d'un manteau de printemps —

Pierre entonne sa chanson et va vers la montagne cueillir des fleurs.

Le ruisseau court dans la plaine,
Disparait sous les joncs verts
— Fleuris ce soir, marjolaine —
Le ruisseau court dans la plaine.
Ce soir mon cœur s'est ouvert.

Vole au bois, vole phalène !
J'ai cueilli trois fleurs d'amour
— L'une était de larmes pleine —
Vole au bois, vole phalène !
Qui pleurait tout à l'entour.

Pierre est revenu vers Maguelonne. Elle incline sa tête et sur son bras pose ses cheveux blonds. Il reprend sa chanson.

L'une était de larmes pleine
Et l'autre, d'un sang vermeil.
— L'amour tue et vaut la haine —
L'une était de larmes pleine
Qui s'irisaient au soleil.

Pierre restant vers Maguelonne.

Tout repose et se tait des coteaux aux vallons.

La contemplant :

Que son visage est beau ! Dors, ô ma jeune amante,

Et que, t'enveloppant d'une blonde clarté,
Le rayon amical de la lune clémente
T'investisse de calme et de sérénité.

Il reprend sa chanson en se dirigeant vers le chemin qui descend vers la mer.

L'amour tue et vaut la haine
Mais je veux ce bel ami
— Qu'il me brûle à son haleine —
L'amour tue et vaut la haine
Dans ses bras je veux dormi.

Pierre disparaît.

Le ruisseau court dans la plaine,
Disparaît sous les joncs verts
— Fleuris, ce soir, marjolaine ! —
Le ruisseau court dans la plaine,
Ce soir...

Pierre au loin.

A l'aide ! A la rescousse ! A moi ! L'on me bâillonne
Bandits ! A la rescousse ! Au secours ! Maguelonne !

Maguelonne reste endormie — le rideau baisse lentement, on entend au loin le chant des matelots.

LOUANGE
DE SOPHIE COTTIN

Poésie déclamée par l'auteur,
à Bagnères-de-Bigorre le 28 août 1900

AU BARON FERNAND DE CARDAILLAC

En souvenir affectueux de la montagne natale,

L. T.

Mesdames et Messieurs, c'est une causerie
Aucunement professorale et renchérie,
Un propos négligé, par façon d'entretien
Amical et d'un air tout uni, que je vien,
Sur un mode pédestre, avoisinant la prose,
Ajouter — puisque l'on m'en prie — à tant de choses
Exquises, de beaux vers et de parfaits discours
Dont s'émeuvent encor les rochers d'alentour.
C'est un hommage exempt de faste que j'apporte,
(Lecteur indigne) à cette Muse deux fois morte,
Dont un siècle d'oubli couronna le destin.
Veuve dans son avril, du financier Cottin,
« Rêveuse sensuelle » (1) et d'amour éperdue,

(1) C'est ainsi que M. Fernand de Cardaillac (dont les travaux sur Mme Cottin raniment avec un surprenant relief, cette figure obnubilée) nomme judicieusement sa cliente posthume.

Héloïse aux bas bleus de la montagne ardue,
Un peu Corinne. uu peu Velléda, qui reluit,
Comme une étoile en turban jaune, sur l'An Huit
Et qui, dans le beau temps des robes à la grecque,
Des fichus de linon et des bibliothèques
Où non loin d'Esménard somnolait Azaïs,
Où *Les Ruines* et *Le jeune Anacharsis*
Endormaient le lecteur d'une égale puissance,
Connut l'orgueil d'un nom que le public encense,
Ecrivit des romans dont les titres vantés,
Seuls, émergent encor sur les flots du Léthé,
Qui, toujours de son aile arrachant quelque plume,
Fut — peut-on-dire — un ange en quatre-vingt volumes,
Des libraires aimé, sans maître ni rival,
Marchant de pair avec Luce de Lancival !
Gloire ! Néant ! Leçon aux auteurs impartie
Qui conseille aux Rostand un peu de modestie
Et détourne Barrès, moraliste édenté,
De prendre aux sérieux son immortalité,
A la jeune, charmante et gracieuse laide,
Qu'en d'autres temps, Quentin Metsys, Lucas de Leyde
Eussent peinte, dans une ogive, sur fond d'or,
Avec ses yeux, pareils au smalt du Labrador,
Ses blonds cheveux de courtisane pénitente,

L'éclat passionné de ses « lèvres mordantes »
Et ce qui reste encor de charme endolori
Sur ce visage en pleurs, après avoir souri,
A la victime qui, jusques au cœur blessée,
Vint ici pour mourir, comme Cymodocée,
En « regrettant son lit d'ivoire, » et ses beaux jours,
A la dolente, à l'amoureuse de l'Amour,
A celle qui périt de n'être pas aimée,
Par un culte pieux, à présent, exhumée
Et que d'entre les morts inconnus, rappela
Ce grand maître des pierres vives, Escoula,
Je ne veux consacrer — humides sous leurs feuilles —
Que de rustiques fleurs, asters ou chèvrefeuilles,
Saxifrages cueillis près du rocher natal.
Anémones de pourpre, iris d'un bleu métal,
Lis des gaves, lis des plateaux, lis des vallées,
Que d'un pied dédaigneux ont les pâtres foulées
Et qui, sur ce tombeau — vide mais triomphant —
Diront que quelque chose est désormais vivant,
Que la montagne adopte, et fait sienne, et proclame
Non l'auteur de *Maleck-Adel*, mais une femme
Que la Vie accabla de stupides rigueurs
Et qui, pour apaiser les orages du cœur,
Vint demander à la Nature tutélaire,

A l'eau vierge des monts, à l'ombre séculaire
Des pins, à l'air vivant, aux bois silencieux
De lui verser le calme auguste des hauts lieux.
Ce matin, couronnant la Muse retrouvée,
Dans la neige et les fleurs l'Aurore s'est levée.
Le long du marbre pur, son doux baiser vermeil
A lentement fait choir les larmes du Soleil.
Et voici que les fils de la verte Bigorre
Emplissant de leurs chants le vallon que décore
Celle à qui pour toujours ce beau lieu fût donné.
Des gorges de Lesponne aux coteaux de Lomné,
Les meschins en bérets de feutre, leurs promises,
Riantes et sans peur de se voir compromises,
Dès l'aube, se tenant par un doigt de la main,
Au clair des angélus, en ont pris le chemin.
Car leur pays aimable et bénin à qui l'aime,
Aujourd'hui, se retrouve et se fête lui-même.
Et tu l'aimas, ce frais terroir qui t'accueillait,
Avec ses prés et ses jardins emplis d'œillets,
De sauges, de rosiers où s'attarde l'Automne,
Ses bleus matins, ses crépuscules monotones,
Ses minuits embaumés par la jeune saison
Qu'emplit de volupté l'âme des fenaisons.
Tu l'aimas, ô rêveuse ! ô brûlante Sophie !

O bourgeoise Sapho ! qu'à présent glorifie
Une rétrospective amour — après cent ans ! —
Et le ressouvenir de tes anciens printemps.

Ici, tu vins, par un beau soir, au temps de Pâques,
Boire du lait, suivant les rites de Jean-Jacques
Et, cœur blessé, loin du Paris impérial,
Rêver encor, toujours ! au divin prairial
Où, brisant du passé les infâmes reliques,
Au soleil du Dix Août, naquit la République,
Où, pénétrant les cœurs émus, rompant les fers,
La Raison triompha sur les autels déserts.
O fille de l'An Deux ! ta vingtième année
Du laurier sacré de Fleurus, fut couronnée
Et quand l'heure sonna d'un bandit abhorré
Tu pleuras et gardas l'orgueil d'avoir pleuré.
Dans un exil béni que Messidor fleuronne,
L'Amour, ton maître et la Sagesse, ta patronne,
Te suivirent, chacun te parlant tour à tour.
Mais ton cœur affamé n'écouta que l'Amour.
Car, avant de cacher sous les funèbres toiles,
Tes yeux, tu demandais aux clémentes étoiles,
Aux sources, aux ravins, aux bois peuplés de nids,
Pour la dernière fois, ces transports infinis,

Et l'étreinte suprême et les baisers farouches,
Apposés, comme un scel de flamme, sur ta bouche,
Dévorants et si doux qu'on en voudrait mourir.
Mais tes chers yeux, tes yeux d'agate et de saphir,
Où, parfois, tressaillaient des ombres incertaines,
Tes yeux où rubanaient les herbes des fontaines,
Comme en un lac perdu sous des myosotis,
Attendirent en vain les soirs d'oaristys :
Et l'Amant ne vint pas ! Mais, sur des herbes mortes,
La Faucheuse parut et, seule, ouvrit ta porte.

*
* *

Repose désormais, dans le calme vallon !
Voici l'ombre des pins, des sorbiers et des frênes :
Ton image y paraît plus calme et plus sereine,
Sous le bandeau royal de tes lourds cheveux blonds.

*
* *

Un ciel de riche azur, dans ta mate prunelle,
Fait tomber par instants le regard du Soleil.
Endors-toi d'un paisible et radieux sommeil :
O Muse de l'An Deux ! l'Art t'a faite éternelle.

*
* *

Que périsse ton nom dans le bruit des cités !
Ici, du moins, vivra ce fantôme de marbre :
La Montagne t'a prise et, parmi les grands arbres,
T'incorpore, vivante, à son éternité.

Passy-Paris, le 30 avril 1911. Pervigilium Veneris.

LA FARCE DE LA MARMITE

DE MARCUS ACCIUS PLAUTUS

PROLOGUE

C'est à côté de l'âtre (plate-forme carrée, haute à peine de quelques doigts, où les tisons feutrés de poussière indiquent la place habituelle du feu), le *lararium*, autel des Génies domestiques.

Une sorte de tabernacle, ou de niche ayant de plain-pied accès à quelques marches en demi-lune que pavoisent des fleurs artificielles, des simulacres pieux : le tout agencé de telle manière que, debout au plus haut de l'estrade et la main droite appuyée au bras d'un fauteuil qu'il vient de quitter, Lar puisse aller, venir, descendre de son autel et remonter les degrés d'icelui.

C'est un dieu nain, imberbe, d'aspect falot, tenant de l'éphèbe et du centenaire, un gnome, qui, mille ans plus tard, quand le Christianisme aura démarqué son nom, deviendra le lutin domestique, l'ange tutélaire, le saint éponyme du foyer. Il est vêtu de la toge, couronné de verveine. Il porte en main un bâton aiguisé pour chasser les voleurs. A part le *lararium*, tout ce que l'on voit du logis offre un aspect délabré, ignominieux et sordide. Au plafond des toiles d'araignées ; les murs s'effritent ; des plaques de moisissure champignonnent et verdissent dans les coins. Par places, aux fenêtres, des loques misérables interceptent le jour. Dans un angle obscur, entassés pêle-mêle, de la ferraille, des caisses hors d'usage, des lambeaux de papier, toutes sortes d'objets infâmes, tels qu'on en peut ramasser dans les terrains vagues et les cités des chiffonniers.

Au lever du rideau sur la première marche de l'autel, un encensoir fume encore et s'éteint peu à peu.

LAR (1).

Il descend avec lenteur, d'un pas rhythmique, sans autre mouvement que celui des jambes, s'arrêtant par saccades et repartant de même. Il donne vaguement l'impression d'un automate, d'un *pupazzo* qu'anime l'artifice de mécanismes intérieurs.

Au bas de l'autel et se retournant tout d'une pièce, à côté du brûle-parfum, il quitte son épieu.

(1) Au musée Guimet, une danseuse d'Antinoë, affiliée au culte de Mithrâ, Leuchiônê, garde, parmi les objets enterrés avec elle, auprès de son chevet, une réduction du *lararium* domestique.

« Quelquefois on plaçait ensemble dans le *sacrarium* de la maison les « images des Pénates et du Lar. C'est ainsi que nous les montrent divers « monuments conservés encore aujourd'hui. Ils formaient un groupe de « trois personnages. Au milieu, le Lar, *vêtu de la toge*. Des deux côtés, « les Pénates (*penus*, chambre des provisions) sous la forme de Génies « qui soulèvent une corne à boire, symbole d'une vie joyeuse et facile. « Ces groupes étaient indifféremment désignés sous le nom de *Lares* ou « de *Pénates*. Les Lares sont représentés sur le denier de Cœstus « (Cohen, méd. consul., pl. 8 ; Mommsen, p. 560, n° 174) comme « des jeunes gens assis avec des bâtons ou des lances. Ovide, *Fast.*, « 5,137, et Plutarque, Q. K. 51, les considéraient comme les gardiens « de la maison. Tel est aussi le Lar préposé à la garde du Trésor dans « la *Marmite* de Plaute. Il est impossible de se représenter ce Lar sous la « forme d'un personnage dansant et portant la corne à boire qui ne faisait « point partie de l'appareil des sacrifices. Ces symboles conviennent, au « contraire, à la prospérité de la maison à laquelle président les Pé« nates. »

Joachim Marquardt (traduction M. Brissaud), *Le Culte chez les Romains*. E. Thorin, édit., Paris, 1889.

De peur que quelqu'un ne s'étonne,
Voyant ma stature avortone
Dans ce décor de Suétone ;

Et qu'un dieu — car je suis un dieu
Comme les autres — soit un peu
Moins grand que huche ou pot-au-feu :

Si l'on demande pourquoi brûle
Du feu sacré dans la férule
Et pourquoi ma chaise curule ;

Aux critiques, snobs ou grimauds,
A vous, fils des divins Gémeaux,
Je le vais dire en peu de mots.

Dans la maison noire et vétuste
Où les rats grignotent les bustes
Des ancêtres, combien augustes !

Je suis Lar, esprit familier
Qui, nuit et jour, sur son pilier,
Garde le coffre et le cellier.

Je suis un dieu sans morgue aucune,
Amusé d'un rayon de lune
Où tourne la phalène brune.

Sur le disque, sur le croissant,
J'aime les moucherons dansants
Et me nourris d'un peu d'encens.

O familiale demeure !
Le gnomon et la chantepleure
M'ont, ici, compté bien des heures.

J'ai pris ma part de vos destins.
Quirites ! J'ai vu les matins
Et les soirs des aïeux lointains.

Or, l'avant-dernier de ces pères,
Après maint négoce prospère,
Cacha de l'or en un repaire :

En un repaire fort discret
Dont, cependant il expirait,
Il me confia le secret.

C'est là, près de la cheminée,
Sous une plaque boulonnée,
Que la pécune est enfournée.

Attat ! Vœjovis ! Meccastor !
Ce n'est pas un mince trésor,
Mais plein une marmite d'or !

Le vieillard qui dans ma cassine
Posa ce meuble de cuisine,
Etait enclin à la lésine.

Pouacre, fesse-mathieu grigou,
Il trépassa comme un hibou,
Et son fils n'en eut pas le sou.

Car il trouva dans l'héritage
Un pré — moins vaste que Carthage —
Dont il vécut pour tout potage ;

C'était maigre et dur ! Néanmoins,
Pour punir son manque de soins,
Je lui laissai rentrer ses foins.

Il mourut gueusement, la mite
A l'œil et le doigt dans l'orbite,
Sans rien savoir de la marmite.

Le maître actuel du logis,
Son hoir, pignouf dont je rougis,
Envers moi n'a pas mieux agi.

Tous les ans, ce pleutre morose,
De mes honneurs, de ma table, ose
Froidement rogner quelque chose.

Mais la fille du ladre vert
Charme, tel un soleil d'hiver,
Quand fredonne au bois le pivert.

C'est le Printemps et c'est la Joie !
Dans la demeure qui poudroie.
Sans doute, quelque dieu l'envoie.

Je l'aime et suis à sa merci.
Elle m'apporte des soucis,
Des lis et des muguets aussi.

En automne, quand vient la brume
Inerte, mon trépied s'allume ;
Elle m'encense et me parfume.

J'en reçois les honneurs divins,
Des fruits mûrs, du pain sans levain
Et, parfois même, un coup de vin.

Pour fêter son âge nubile,
J'ai fait au père qui jubile
Trouver la dote de ma pupille.

C'est la marmite ! Le patron
Voudrait enjamber l'Achéron,
Sans ôter rien de ce chaudron.

Et, pied-plat dur à la détente,
Consumer ses jours dans l'attente
D'un richard que sa fille tente.

Ce phénix est quasi trouvé.
De la mignonne s'est coëffé
Un vieux monsieur très échauffé.

Mais elle — bonne robe — estime
Qu'un garçon vert et magnanime
Vaut mieux que Plutus cacochyme.

Perspicace enfant ! Vœu congru !
Son cher petit cœur s'est féru,
Depuis peu, d'un jeune homme dru.

Ils ont d'une entente parfaite
Et si loin poussé la chosette
Qu'il va falloir une layette.

Le papa n'en sait rien encor
Et mugira comme un butor,
Premier que d'entamer son or.

Bruit à la cantonade. Voix de l'Estimé.

Chut ! c'est-lui-même qui bougonne
Dans la souillarde et barytonne
Des impropères à sa bonne.

Il craint de se voir pénétré
Et que la duègue n'ait flairé
La cache où l'or est enterré.

Le bruit se rapproche.

Mais le voici ! Grand bien vous fasse ! Je me sauve
Car cet homme griffu, raquedenare et chauve,
S'il me trouvait ici, jacassant parmi vous,
M'irait au bric-à-brac vendre pour quelques sous.

Le rideau baisse. Lar, à petits pas, remonte les degrés de son autel. Parvenu au sommet, il reprend la pose hiératique du début et se fige dans la plus complète immobilité.

TABLE

Poèmes de jeunesse

Poèmes satiriques

ACHEVÉ D'IMPRIMER

le vingt-quatre février mil neuf cent vingt-cinq, par

BUSSIÈRE

à Saint-Amand (Cher)

pour le compte de

A. MESSEIN

éditeur

19, QUAI SAINT-MICHEL, 19

PARIS

www.ingramcontent.com/pod-product-compliance
Ingram Content Group UK Ltd.
Pitfield, Milton Keynes, MK11 3LW, UK
UKHW021107290826
14628UKWH00014B/864

9 782329 033242